为青年设立的读书俱乐部

青年のための読書クラブ

[日] 樱庭一树——————著　刘姿君——————译

北京联合出版公司
Beijing United Publishing Co.,Ltd.

图书在版编目（CIP）数据

为青年设立的读书俱乐部 /（日）樱庭一树著；刘姿君译 .—北京：北京联合出版公司，2021.9
ISBN 978-7-5596-5118-1

Ⅰ．①为… Ⅱ．①樱… ②刘… Ⅲ．①长篇小说－日本－现代 Ⅳ．① I313.45

中国版本图书馆 CIP 数据核字（2021）第 036610 号

为青年设立的读书俱乐部
作　　者：[日] 樱庭一树
出 品 人：赵红仕
责任编辑：李艳芬

北京联合出版公司出版
（北京市西城区德外大街 83 号楼 9 层　100088）
三河市冀华印务有限公司印刷　新华书店经销
字数 110 千字　880 毫米 ×1230 毫米　1/32　印张 6.75
2021 年 9 月第 1 版　2021 年 9 月第 1 次印刷
ISBN 978-7-5596-5118-1
定价：45.00 元

目　录 / contents

第一章 乌丸红子恋爱事件

身为哲学家、物理学家、

诗人、剑客、音乐家、

空中旅行家，

机智卓绝，妙语如珠，

同时也是我无私的——恋爱的殉道者！——

厄尔居勒·沙维尼安·德·西哈诺·德·贝热拉克长眠于此……

埃德蒙·罗斯丹 著

《大鼻子情圣》

一九六九年是我等值得纪念的一年。在我们这个由哲学家、物理学家、诗人、剑客、音乐家所组成的“读书俱乐部”，诞生了一名“王子”。尽管这是名“伪王子”，日后将为学园带来不幸，但我等尚称满意。

圣玛丽安娜学园是一所历史悠久的女校，在东京山手地区拥有傲人的广大校地，从幼儿园到高级中学的校舍均位于同一校区，唯有大学另处一地。校史可追溯至十九世纪成立于巴黎的修道会，该修道会于二十世纪初派遣修女圣玛丽安娜来日建校。校园中庭竖起圣玛丽安娜的巨像，日复一日微笑着俯视学生们。学园的教育理念为培育笃信天主大爱、致力于开创美好社会的女性。在外人眼中，学园里的一切有如覆上一层薄纱，女学生的生态不为人知，只知道是良家子女。她们身穿颜色柔和的奶油色制服，下自三岁，上至十八岁，静静地来这所学校上学，一头黑发或剪短，或整整齐齐地编成麻花辫，个个清纯可人，袅袅婷婷。

她们的“伪王子”乌丸红子于一九六八年如一阵黑色旋风般出现在圣玛丽安娜学园。然而就连王子本人也未曾料到，自己竟会在一年之后为学园里的纯真少女带来不幸。乌丸红子是个长身玉立，拥有高贵美貌的少女。当时她身高达一六七厘米，与可爱的奶油色制服毫不相衬。在高中部的开学典礼上，多数自幼儿园起便一同成长的少女发现了这个比众人高一头、被陌生的赞美诗搞得七荤八素的高大女子，悄悄互使着眼色。乌丸红子是校内罕见的高中才入学的学生。良家子女尽管表面上清纯可人、知书达礼，但同时也拥有令人厌恶的高傲一面，只见她们像小狗军团一般，从前、后、左、右嗅闻着这名高个子闯入者的气味。

闯入者乌丸红子身上有贫穷的味道：下水道水沟盖的酸臭味、烂水果的味道、不新鲜的鱼的腥味。换言之，异臭扑鼻。少女们捏起鼻子，面面相觑，以细微的表情动作互相确认此事。在以壁画装饰的圣堂里，吟唱赞美诗的清越歌声的缭绕中，不知不觉地，闯入者已被贴上"好臭"的标签。典礼一结束，少女们又说又笑地前往各自的教室，没有人肯向乌丸红子指点一声"在这边哦"，告诉她教室怎么走。红子修长的身躯汗水淋漓，迷失在迷宫般的学园里，慌得都快哭出来了，才总算抵达教室。

红子尽管身材高挑挺拔，五官如铜像般秀丽，个性却与外表截然不同。她是个胆小的女孩。不过也难怪她在良家子女的乐园中会释放异味，谁叫她正是平民中的平民。她的中年母亲在大阪的道顿堀卖炸串，总是身穿老虎花纹的毛衣与点缀着亮片的运动服，胖得像只汽油桶。红子高贵的面容得自于父亲。她的父亲是旧时代的子爵家三男，年少轻狂时让一个大阪女子怀了孕。父亲一直对她们母女不闻不问，直到母亲惨遭一辆三吨的大卡车碾毙，才收养了独生女。于是，浑身大阪老街味的平民乌丸红子，就这么被硬生生地扔进了少女的乐园，宛如一只误闯天鹅群的丑小鸭。

“……这是什么碗糕？”

总算抵达教室的红子坐在看似属于自己的座位后，如此自言自语。邻座的少女因突如其来的异臭捏起鼻子，吃惊地看了红子一眼，一副“她说的是哪国话”的神情，厌恶全写在脸上。这一天，红子没有和任何人说话，因为每次她想开口，少女们便如奶油色的蝴蝶翩翩飞离，自她眼前消失，只留下残像余影般的柔和气息。如此，红子在班里被贴上“异臭女”的标签，遭到抹杀，成了若有似无的半透明人。以眼前的情势，照理说，未来三年她应该也会以透明人的身份度过，在圣玛丽安娜学园的历史上不留一丝痕迹，独自悄悄地、负伤地毕业离去，一如绝大部分的高中入学生，谨守她粗野低贱、配不上少女乐园的身份。

没想到，改变乌丸红子命运的第一场邂逅正等在眼前。

说起圣玛丽安娜学园的社团活动，有两大台柱。一是学生会，负责主持学园各种活动，可以说是具有少女形貌的政治家集团。成员的家世多半与政治圈相关，个个成绩优秀，姿容虽非艳丽夺目，却也是清一色的知性花朵。另一台柱则是戏剧社，聚集了具有明星风采的学生。她们只要出现在走廊上，学生们就会不约而同地让路；仅仅回一声“你好”，便足以令低年级的学妹心头揪紧，捧住胸口。顺带一提，圣玛丽安娜学园的高中部，每年都会从二年级学生中选出一名被尊称为“王子”的学生，而至今以来的王子，大都是从戏剧社选出来的。

所谓的王子，也就是蚁窝中的蚁后，后宫里的苏丹。大多数的女学生尽管憧憬爱情中梦幻的部分，对于现实中的男性却怀有强烈的厌恶感，因为男人身上也散发着异味：汗水与油脂的味道、精液的味道、低俗浪漫的味道。这是少女们最鄙夷的。因此，在这个性欲遭到压抑的少女乐园中，需要一个安全而华美的明星，以作为情感发泄的出口。一如蚁群中必有一只蚁后，学园中也需要一名“伪男子”。王子升上高三后便会引退，学生再自高二生中选出一人，坐上为期一年的王座，君临学园。每年六月的圣玛丽安娜节，学生会便主办选拔赛，选出王子。据闻，这一年戏剧社同样胜券在握，眼看其中一名美丽出众的少女就要成为令人憧憬的学姊了。

“这是什么碗糕的乌丸红子”起初对全数由女生组成的学生会很感兴趣，决定造访位于雄伟的黑砖旧校舍五楼的学生会办公室。可是红子才打开厚实的槲木门，眼镜少女们便从内侧“砰”的一声把门关上，此后无论红子再怎么敲门，木门也不肯为她开启。一头雾水的红子只好放弃学生会，回程时决定到戏剧社瞧瞧，不过这里也一样，身穿奶油色运动服的少女们一边大声做发声练习，一边小跳步远离红子。一回神，体育馆里只剩红子孤身一人，她不禁落下眼泪。到其他社团也一样。尽管胆小的红子鼓起勇气积极行动，但无论走到哪里都不受欢迎。红子身上的异臭对少女而言是污秽的异形。少女们不明所以，但感到害怕不已，于是手牵着手，一个个逃避红子。一直到半个月后，红子才总算抵达了唯一一个肯接纳自己的异形少女的房间。

那是一九六八年的四月底。

那个异形的房间，正是我们的“读书俱乐部”。

读书俱乐部的社团教室位于旧校舍后的那片杂木林之后，一栋半毁的红砖建筑的三楼。一楼、二楼如今人迹罕至，巨大的空间化为遭人遗忘的废弃仓库。被淘汰的旧礼服、看似曾出现在《罗密欧与朱丽叶》舞台上的大型阳台布景、巨大的地球仪等等，这些稀奇古怪的废物有如浪漫的噩梦，填满了一楼与二楼。红子会找到这里，纯粹是一场不幸的偶然。由于始终找不到立足之地，交不到朋友，红子只能含泪思念大阪老街。每到午休，她只能孤零零一个人，宛如正午出现的亡灵般在校园里徘徊。尽管想哭，但红子高挑的身材与不带一丝少女气息的脸庞，一点也不适合嘤嘤啜泣。这一天，她依旧咬着牙忍受孤独，漫步抵达了一幢形同鬼屋的红黑色建筑。才踏进一步，那些颓废风情的废物便令红子深深着迷。因为眼前那种放肆的凌乱，与她过去和母亲居住的那间道顿堀寒酸公寓有相似之处。她擦干眼泪，走进屋内，尘埃与霉味使得她咳嗽连连。她找到楼梯，拾级而上，发现只有阶梯中央一带不至于满布灰尘，有许多不断向上的足印。人的气息强烈撼动了红子的心，孤独的她一路散发着鱼虾、烂水果和臭水沟的异臭味，爬上楼梯。往上再往上，往上再往上，往上再往上。有人在吗？有人愿意和我做朋友吗？少女的鞋印一路来到三楼的某个房间。绕过废物走上前去，在走廊的最深处，有一扇阴森森的铝门，上头歪斜地挂着老旧的木制门牌。暗红色的门，仿佛地狱入口。门牌上以可爱的圆体字写着：

读书俱乐部

由于气氛十分阴森，红子一时踌躇不前。同一时间，房里一名女学生将看了一半的书搁在兽足桌上，眼神有如肉食猛兽般狰狞，瞪视着门。

这名女学生体形圆润，长相丑陋。她的丑陋非比寻常，与这少女乐园毫不相衬。她名叫妹尾蓟，自幼儿园起便就读于圣玛丽安娜学园，父亲经营股票上市企业，母亲是学园的校友，是典型的良家子女背景。然而不幸的是，蓟酷似丑陋的父亲，长相使她在学园里成为异形分子。她矮小臃肿，额头油亮，模样就像流连于声色场所的猥琐中年男子直接套上奶油色的少女制服，宛如低俗趣味的幻影。不过妹尾蓟是学园首屈一指的才女，自小学起成绩始终名列前茅。在猥琐中年男子的外表之下，隐藏着一个堪称无所不知、无所不晓的超凡头脑，而且她时时不忘磨炼砥砺。她盘算着，进高中部后要加入学生会，日后以会长之尊君临学园。只是没想到，由于形貌丑陋，她竟不为诸位学姊接受，这才辗转流落到这偏僻的读书俱乐部。读书俱乐部仅有八名高中部的学生在籍，由于没有高三生，蓟自高一后半学期便升为社长，君临位处边境的社团教室。这一年，蓟高二，毕业后她计划到外部大学就读。她在心中磨刀霍霍，极欲在毕业前干一件惊天动地的大事，遗憾的是一直没有机会。

这一天，蓟同样是自午休起便独自窝在社团教室，百无聊赖地迅速翻阅着艰涩的古典文学。就在这时，她察觉到在大楼里四散的异臭，硕大的狮子鼻鼻孔翕张，油亮的额头挤出皱纹，仔细闻嗅。尽管这么做令她的容貌更显丑陋，不过对鲜少照镜子的蓟本人而言，根本无关痛痒。

“……谁？”

她朝着门简短一问，只见一个高个子的高一生怯生生地走了进来。蓟粗黑浓密的八字眉的右眉一抬。逆光穿过走廊上的窗户，自敞开的门射进教室，以致蓟一时看不清这高一生的模样。

不过那高挑的身形，让蓟看得出了神。原来，丑陋的蓟，对与自己相反的美丽事物异常敏感。不久，等蓟的眼睛适应了光线，她认出来人是开学典礼上那个高出众人一头的新生。她没有赶人，径自上下打量着乌丸红子。

红子虽浑身异臭，但姿容得天独厚。蓟扬扬下巴，示意红子坐在一旁的装饰艺术兽足椅上，红子怯怯地坐下了。蓟先前看的书就扔在桌上，是剧作《大鼻子情圣》的原文书。蓟醉心于这部以古法文书写的故事。十七世纪法国实际存在过的真实人物——西哈诺·德·贝热拉克，是哲学家、物理学家、诗人、剑客、音乐家，同时也是机智卓绝的毒舌名人。只不过，他的大鼻子占据了脸部四分之三的面积，简直可与喜马拉雅山比高，是个无人可比的丑男。他暗恋表妹罗珊妮，却因自惭形秽而不敢表白。有一天，他遇见了同样爱上罗珊妮的俊美青年士官克里斯廷，而克里斯廷可以说毫无头脑可言。西哈诺决定运用他的才智，为俊美青年捉刀，写出一封封文情并茂的情书。最后罗珊妮爱上了克里斯廷，但她爱的究竟是他的容貌，还是西哈诺洋溢于情书中的才情？

爱情，是针对容貌而发生，抑或是针对才情而发生？

蓟想起西哈诺·德·贝热拉克无人能出其右的丑陋长相。我就是西哈诺，蓟心想。而眼前的，便是蓟的俊美青年士官。蓟仔细观察红子。这是多么得天独厚的姿容啊！又是多么怪诞的异臭啊！红子哽咽地对蓟说，没有社团肯让自己加入。蓟微微一笑。

“欢迎来到读书俱乐部。我们欢迎你，乌丸红子同学。”

红子当场痛哭失声，将自己美丽的脸庞贴上丑陋的蓟粗壮又满是赘肉的大腿。

蓟露出有如圣玛丽安娜铜像般的微笑。距离毕业还有将近两年的时间，蓟有了目标，那就是，操纵学园，再行离去。

在这个封闭的、有些畸形的少女乐园里，始终维持着战前优雅的氛围，表面上并未受到外界变化的影响。这一年，一九六八年，只要踏出圣玛丽安娜学园一步，便是东京充满年轻骚动气息的街头。

新宿一带，地下前卫艺术蔚为风潮。受寺山修司[1]的实验剧团

1. 生于一九三五年十二月十日，多才多艺的文化人、艺术家及评论家，对剧场及电影艺术的贡献受到欧美国家戏剧迷及影迷的认同与欣赏。——译注

“天井栈敷”及唐十郎[1]的“状况剧场”[2]影响，年轻人涂白了身体与面孔，舞动身子；爵士咖啡厅里挤满了身穿大喇叭裤、眼神阴郁的不法之徒；本乡一带，东大学生占据了安田讲堂，年轻的机动部队队员吆喝着冲了进去；阿波罗宇宙飞船随时都可能登陆月球。悠闲却又紧绷嗜血的奇特气氛，笼罩在东京上空。

圣玛丽安娜学园完全不受所处的时代氛围影响。不管是在学园或家庭中，少女们都备受娇宠，宛如战前的贵族千金，过着恬静优雅的日子。

妹尾蓟订好计划。时间十分充裕。首先，她命令乌丸红子“丢掉”第一学期的五月、六月。

“丢掉？”

“当个透明人，最好让别人不知道有你这个人。”

“我才不要，我想要朋友。”

“这我知道。放完暑假就有机会，到时候我送你一百个愚蠢的朋友。你现在只不过是个异臭女，要是突然变身，反而会过度招摇。第一学期就不要张扬，让别人忘了你。”

“我听不懂你在说什么。”

---

1. 生于一九四〇年，知名演员、剧作家。——译注
2. 位于日本东京大学本乡总校区，正式名称为东京大学大讲堂。一九六八年学运时曾遭占领，后来由机动部队强行解除学生的封锁，此事件后来被称为“东大安田讲堂事件”。——译注

蓟拍了拍红子的头，说道："听我的就对了。"红子啐了一声，只能点头。

一开始，计划只在蓟的心里，但到了傍晚，聚集在读书俱乐部老旧社团教室的社员——无一不是学园的边缘人——众异形少女凑在一起开起会来。这群未来的哲学家、物理学家、诗人、剑客和音乐家，除了具有欣赏滑稽事物的幽默感性，也十分尊敬丑陋的蓟敏锐的知性。如此这般，"红子王子化"计划就此展开。

这期间，在六月的圣玛丽安娜节选出了今年的王子。经过公平公开的投票，戏剧社社长以些微的差距险胜网球社黝黑的贵公子，荣登王子宝座。戏剧社包括初中部在内约有五十人，势力庞大，学妹们可爱的欢声中洋溢着自信与骄傲。当上王子的戏剧社社长，其实是蓟的儿时好友。两人从幼儿园起便就读于圣玛丽安娜学园，手牵着手度过孩提时代，然而在进入初中部的同时，戏剧社社长毫不犹豫地抛弃了越来越丑的好友。这在周围人看来是不证自明的道理，然而对蓟而言，却是无法忘怀的背叛。在光芒四射的体育馆讲台上，王子微微一笑，女学生便出声赞颂，以尖嫩的嗓音唱起赞美诗。丑陋的蓟垂头丧气地离开了体育馆。一进社团教室，同伴们正等着她。尽管到这里来，也不过是各自消磨时间，各人翻阅各人的书籍，泡茶啜饮，但今天莫名的不安令她们齐聚在一堂。

“听说那个戏剧社社长计划明年也让戏剧社的当上王子哟。”

其中一名社员带来这份情报。

“她很疼爱一个一年级学妹，已经开始为她造势了，还找来学生会撑腰，路都铺好了。”

“铺路？哼！”

蓟低声笑了。

“投票的可是一般大众。人一往上爬，就看不到这点。我们赢定了。喂，红子。”

“嗯？”

对阅读不感兴趣的红子正一个人无聊地望着窗外。尽管在教室里依旧被当成空气，但至少社团里的几个同伴不会对她视而不见，红子的痛苦因而减轻不少。但她如今依然孤独，依然在寻求那个唯一的好友，一个仍不知身份的“someone”（某人）。蓟为她打气。

“……打起精神来。”

“嗯。”

不久，暑假来临了。

读书俱乐部的社团活动，不过就是各人依自己的兴趣看书，但这一年竟办了数次集训。集训的内容便是孜孜不倦地照料乌丸红子。首先是将她半长不短的头发剪成清爽的短发。由于身材高挑，只要换个发型，红子顿时变身成一个臭脸少年。社员要她闭上总是张得开开的嘴，缩起下巴，看东西时低头抬眼，又命她封印起浓浓的大阪腔，尽可能说标准语，并指导她若非必要，就保持沉默。红子的一举一动都受到蓟严密的监控。

戏剧社所推举的那个高一学生像极了背叛蓟的戏剧社社长，都是气质清新的优等生，长相清秀的标准良家青年。若以同一路线为目标，异臭女乌丸红子是不可能有胜算的。蓟在内心彷徨了一昼夜，试图唤醒被自己封印在内心深处的少女心。迷迷糊糊睁开睡眼的少女心，立即清醒过来，并描绘出一个令女孩怦然心动的青年身影——一个现实中不存在、由少女扮演并为少女所钟爱的青年形象。只要想到戏剧社那个高一生，蓟内心深处的少女心便骚动不已，闪闪发亮。那是面对高贵的血统产生的光明憧憬。那名青年清新爽朗，给人好感，浑身散发着贵族的光辉。

她是光，蓟内心暗忖。那么，足以胜过她的青年会是什么模样？那个真正的青年应如何？少女的梦中青年应如何？我等性欲的去向位在何处？蓟与自己的少女心激辩了一昼夜。她抛开哲学，舍弃美学，甘心沦为一名无知的少女，思考爱情。最后，蓟的脑袋做出一个结论——我们少女追求的，是不良少年啊。

在家世好的青年身上绝对找不到的，便是不良气质。唯有“影”，才能战胜“光”。在少女眼中，乌丸红子出身低贱，又是高中才入学的外来者，浑身散发着非我族类的诡异气质。唯一的办法，便是反过来利用这一点。因为，“光”是无法模仿的。蓟自命为参谋，替乌丸红子打理造型。除了让她剪了头发、封印起大阪腔，还命一个高一生将红子领进夜晚的世界。

这个高一生名叫村雨蕾。她身材娇小，眼睛灵动，拥有一对异乎寻常的巨大乳房。由于乳房过大，女性特质太强，以致她在学园里被归类为异形少女。此外，她也是学园里极为罕见的轻浮女子，意即所谓的“太妹”。不过不管是在家中还是学园中，她都巧妙地隐藏了这一面。蓟凭借天生敏锐的嗅觉察觉到了这点。而蕾毫不嫌弃自己的丑陋长相、对自己由衷倾慕，也令蓟对蕾有着莫名的喜爱。

这天晚上，受到敬爱的蓟的托付，蕾干劲十足。她扎起马尾，穿上泡泡裙，薄施脂粉，打扮得漂漂亮亮地出现在约定的地点，风骚的模样与在学园时判若两人。

她叼着烟，蹬着高跟鞋走进迪斯科舞厅，依偎在熟识的不良少年身旁。店里的男子向来互相模仿，外形个个大同小异，尽管这种货色在东京街头俯拾皆是，但确实是学园中见不到的类型。起初，乌丸红子看得眼花缭乱，但回想起在大阪道顿堀一带生活的时光后，立刻便与他们打成一片。在与他们一同跳舞挥汗的同时，红子也不忘模仿他们的举止。

叛逆地噘起嘴唇。

撩拨短发。

侧脸的一丝阴郁。

野性的、说不上来的奇特眼神。

待在这里，阿波罗宇宙飞船飞向月球的轰隆声、安田讲堂恶斗的喧哗，仿佛都在耳际回响。她们受邀到新宿的花园神社，只见全身涂白的男子们起劲地跳着暗黑舞蹈。来到东京之后，红子第一次打从心底笑了。

“啊哈哈！看起来好蠢哦！”

“跳舞吧！今天是星空迪斯科之夜！”

在一名男子的邀约之下，红子在夜晚的神社尽情舞动，直到口吐白沫倒地为止。男子是个性情很好的年轻工人，听红子说起缘由，便主动教她动作的要诀，和她谈起向往的电影明星等。红子莫不专心聆听。另一方面，正当乌丸红子认真学习，让自己染上不良少年气质的时候，参谋妹尾蓟则在筹划下一步。

蓟自社员中选出一个最接近常人、家世十分显赫的高一生，将她送进圣玛丽安娜学园与庆应义塾高中合办的夏令营。为期四天三夜的夏令营里，将举办登山、烤肉等活动，十分丰富，趁此机会可以认识平时难得一见的男生，合得来的男女在暑假后经常展开团体交往或通信。由于这些男学生个个家世清白，所以家长也不致反对。

读书俱乐部的高一生遵照蓟的吩咐，在夏令营中找机会接近戏剧社的高一生，她们一同烤肉，一同以女高音歌唱，将双脚泡进清澈的小溪，相视而笑。不久，男学生也靠过来，众人无忧无虑、天南地北地闲聊起来。而戏剧社的高一生与其中一名男学生交换了联络方式。读书俱乐部的高一生一回来，便立刻向蓟报告此事。

蓟立刻汇整情报。就这样，夏天即将结束，第二学期就在眼前，“青年·乌丸红子”的打造计划也接近完成。封印了突兀的异臭味，原本空气般透明的存在感顿时扭转，红子一站出来，俨然就是一个短发高挑、叛逆不群的不良少年。看到成果，蓟大致满意。

“夏天就要结束了，秋天就是决胜的时候，乌丸红子同学。”

“干我什么事？”

红子叛逆地噘起嘴唇，撩撩短发，美丽的侧脸罩上一层寂寥的阴郁，如抛媚眼般视线由下而上朝对方瞥上一眼，又立刻转开。

蓟内心深处的少女心顿时感到一阵酥麻。这是个好兆头，读书俱乐部的众人莫不感到满意，互相点头。而这不过是“红子王子化”计划的开始。

暑假结束，一九六八年的九月来临。翩然降临的不良少年起初按兵不动，混在刚与家人从轻井泽度假回来的千金小姐之间。因为热衷网球，少女们的鼻尖晒得红通通的，起初，她们还清纯可人地谈笑着，不过，慢慢地，她们察觉到些微异样。教室里有异物。她们知道，早在第一学期便有一个散发穷酸味的外来者，然而那和此刻的异样感并不相同。

教室里有一个男人。

一直到九月底，少女们才总算意识到这点。这一个月以来，乌丸红子几乎没开口说话，依然避免与人有视线交会。然而，她的一举一动不一样了，并且浑身散发出一股诱人的魅力。红子将制服裙子穿得宛如贴身长裤，跷起脚来，坐在窗畔的座位上，修长纤细的双腿如男人般大方伸展着。在她的座位附近走动，常一不小心就会被那双长腿绊倒。“好长的腿……”第一个发现的少女不禁喃喃低语。红子像是在闹别扭的侧脸透着寂寥。她不时撩起短发，清亮的眼眸眨了又眨。“好大的眼睛……”又一个少女注意到这点，忍不住喃喃低语。红子仍旧默不作声。她只是坐在那里，并不采取行动，只是静静地、静静地坐在那里。然后，越来越多的女学生察觉到教室里混进了一个不良少年。到了十月，她们一脸纳闷地频频看向修女。为什么大人没有发现？我们当中有个男生呀！为什么修女们没有发现呢？教室里有个危险人物呀！我们就像一群小羊，而窗畔有一匹舔着舌头的狼。

红子一味保持沉默。

偶尔，当有少女被那双长腿绊倒，红子一个不留神差点儿脱口问出："你还好吗？"每当这种时候，自教室某处会飞来一颗牵制她的橡皮擦子弹。这是负责监视红子的读书俱乐部高一社员的任务。这名敬仰蓟的高一生时时不忘盯紧红子，每当真正的红子要冒出头，她便像忍者般扔出橡皮擦。接到提醒的红子连忙闭嘴，故意不理会少女，装出受伤的神情，别过头，眺望窗外。

少女们开始坐立不安，紧张的气氛逐渐蔓延到隔壁教室。每到下课时间，别班的少女没事就往这里跑，一面优雅地与友人谈天，一面偷看偷瞄窗畔的红子。

即使察觉到别人的视线，红子也不抬头。在一点也不适合自己身上这身奶油色制服的外来者红子身上，少女们看到了穿喇叭裤、拨动吉他琴弦、傲然孤独的不法之徒的幻影，胸口一紧，心好痛。这感觉近似悲伤。天真又高傲的千金小姐，有史以来第一次萌生出矛盾的情结。悲伤，心痛，想接近，又希望她消失，一会儿落泪，一会儿欢喜。换句话说，也就是：迷恋上了你！

到了冬天，妹尾蓟除了动手改造乌丸红子这个少年人偶的外表，也开始赐予她知性的一面。蓟本人不费吹灰之力便拥有敏锐知性，只可惜，她的知性存放在宛如猥琐中年男子的丑陋器皿之中，绝不可能受到少女的赞赏。从幼儿园便就读于学园的蓟十分清楚这点，也深知少女价值观的残酷。蓟就是西哈诺·德·贝热拉克。那又有什么值得伤心的呢！蓟命令红子捧读《大鼻子情圣》的原文书。“可是我又看不懂法文。”蓟给了抱怨的红子一巴掌，命令她：“管你懂不懂，假装在读就是了！”

从这个时候开始，每逢午休，读书俱乐部的社员便围在红子身边，与她亲密交谈，丝毫不理会那群只敢远远凝视红子的少女。读书俱乐部只是个边缘社团。对少女们而言，学生会、戏剧社、辩论社才是英国的绅士同盟，理当要加入这些社团，并引以为傲。相比之下，读书俱乐部不过是闹市区的肮脏酒吧。劳工齐聚一堂，喝上一品脱啤酒，吃的是用旧报纸包裹的炸鱼薯条，浑身上下满是油汗味。说来讽刺，此时读书俱乐部众人身上竟流露出学园中难得一见的蓝领气息。教室一角，“劳工们”坐无坐相，团团围住不良少年，以难懂的法语交谈着。然而这群人可笑的身影，开始令少女们心生憧憬。少女们既想像她们那样靠近乌丸红子，却又不敢主动和她说话。好难受，好痛苦，好悲伤，好可恨，每天、每分、每秒，都想看着你！在众人的凝视中，寒假的脚步近了。期末考试结束，在讲堂里唱过赞美诗，放假去吧——红子站起身时，一本书自她的膝头跌落。

邻座的少女拾了起来，细瘦的手臂颤抖着将书递过去。

红子连声谢也不说，随手接过。这样的态度在重视礼仪的学园中可说是绝无仅有，太过冷漠了。少女感到屈辱，含着泪抬头看红子。

“……怎么？”

红子以少年般低低的声音问。这是她第一次开口和同学说话。整间教室的女学生不约而同屏息望着两人。读书俱乐部的高一生将橡皮擦子弹捏在手里，准备稍有差池便出手，但已经没有这个必要了。至此，红子已经对自己的角色十分熟悉。

“请问，乌丸同学，你看的是什么书？”

“这个吗？”

红子百无聊赖地回答，一屁股坐在椅子上，跷起修长的腿。她的肌肤宛如涂了奶油的瓷器，雪白、艳泽、亮丽，具有像少年又像女人的迷人魅力。她身上至高无上的光辉，是由少女们凝视的目光在第二学期中不断研磨而成的。

“是《大鼻子情圣》，以十七世纪为舞台的法国剧作。”

“精……精彩吗？我也来读读好了。”

“你吗？”红子以轻蔑讽刺的眼神看着女孩，“对你来说，恐怕太难了。”

“怎么会，我懂法文呀。我初中时曾经到巴黎留学。”

“我不是这个意思。我说对你太难，是因为这是诉说孤独的故事。你懂什么叫孤独吗？”

女孩有如中了枪般按住胸口，凝视着红子。红子粗鲁地站起身。

她看着女孩，眼神像是受伤，又像献媚，说道：“就这样。下学期再见吧，×× 同学。”

当红子说出女孩的姓氏时，对方吃惊地睁大了眼睛。

“你记得我的名字？”

“你不是一直坐在我旁边？我当然记得。”

“真令人高兴……”

“你和我说话，我很高兴。那么再见了。”

“啊……”

女孩还想多说一会儿，但红子闪身从旁穿过，径自大步离去。少女们目送着那高挑修长的背影，好一会儿过去，才有人“呀——”地叫出声来，然后，又一个人跟着尖叫附和：“好帅！乌丸同学真是……真是太棒了！”

走廊上的红子吐了吐舌头。刚才那段对话，她不知在社团教室与蓟模拟过多少次了。美丽的红子身体里是丑陋的蓟，她不厌其烦地操控红子的一举一动。红子只是忠实地照剧本演出。来到读书俱乐部，红子总算能变回自己，她双膝并拢而坐，呼地吐了一口气。

蓟龛懒地坐在兽足桌上，飞快地阅读着艰深的书籍。红子戳戳蓟，问道：

“喏，这本大鼻子什么的书，是在说什么？”

“……美丽的笨蛋和丑陋的天才的故事。”

“哦，那是孤独的故事没错吧？”

“嗯，而且还是个爱情故事。西哈诺最后虽然死了，却带着有羽毛装饰的傲骨到天国去了。啊，对了，天堂里可是没有俊男和丑八怪之分的。”

蓟连忙藏起眼眶里泛起的泪水。

就在读书俱乐部进行这段对话的同时，高一少女接二连三手牵着手离开学园，飞也似的聚集在书店。身穿奶油色制服的少女，如同聚集在牛奶盘上的蝴蝶，占据了外文书区。她们要找乌丸红子在读的那本孤独之书。这年寒假，《大鼻子情圣》的原文书在高中女生之间盛行。她们在夜里互通电话，说的是：

“因为我们这种男人有的只是幻想的恋人，纯粹有名无实，就像泡泡吹出来的……来吧，把信收下吧，让这幻想成真。我让漫无目的的爱情告白与悲伤飞上天空，而你，可以看见这些漂泊的鸟儿落脚。”

“长久以来，我从未领略过女子的温柔。连母亲都嫌我丑，而我又没有妹妹。即使成年之后，也害怕心仪女子眼中的嘲笑。唯有你，自从有了你之后，我至少有了一名女性友人。”

少女们以法文互道西哈诺的台词，换句话说，这也是她们呼唤爱慕青年之名的方法——乌丸红子同学、乌丸红子同学、乌丸红子同学。尽管，她们爱慕的青年根本不懂法文。

寒假里，少女们的传闻被添了油、加了醋，宛如鲜艳的红金鱼，游走于学园上空。不久，没有一个高中部一年级学生不知道乌丸红子的生平。少女们的大脑自动去除了浓浓的大阪腔和道顿堀街景，红子贫贱的出身与成长于大阪下町的背景，变成一个宛如置身英国市中心、充满夜雾与衣物窸窣声的故事。继承子爵家血统的私生子，成长过程历尽艰辛，失去母亲后被生父收养，但在子爵家的生活孤独依旧。红子变得自暴自弃，不再信任他人，但在她的心中隐藏着追求一名好友——“someone”这个既悲伤又温柔的心愿。尽管少女们的想象与现实中的红子有交集的，只有寻求

“someone”这点。少女们纷纷为乌丸红子的孤独潸然泪下。她们心心念念的，是搁在地板上的那双长腿、那头短发、那孤独的眼神，以及那继承子爵血统的高贵美貌。青年应若是，青年应若是，青年应若是啊。仅存于少女心中的传说生物，亦即，奇珍异兽。红子成功扮演了“他”，不，是“他”降临在苗条的红子身上。

“他”，没有肉体，是应少女的祈祷而生的梦幻，在圣玛丽安娜学园上空徒然徘徊，直到找到可容纳自己的少女身躯为止。少女们选出的王子，便是那可供替代的容器。但今年获选的，是红子。靠着蓟的战略，她从原本应该成为王子的少女手中夺取了这个权力，即将登上王子的宝座。少女们爱上“青年·乌丸红子”，并为之疯狂。

红子、红子，这个名字不久也传入学姊耳里，一到午休，为了一睹从新校舍走出来的乌丸红子的风采，高二的少女们争相挤在新旧校舍之间的白银走廊上。我等少女的特性，即具有飞身扑向幻梦的冲动，然而伴随此冲动的，并非繁衍后代的义务，而是悲伤与死亡的气息散发出的浓厚馨香。时势洪流有如岩浆般覆盖红子全身，抚摸、摩挲，让红子变得一刻比一刻更美。注目、恸哭与执着，琢磨着红子的脸庞与身躯。

但红子绝不得意忘形，仍是不感兴趣地一径低着头。

到了第三学期，出现了与读书俱乐部抗衡的反对势力。不言而喻，自然是戏剧社。今年的王子，即戏剧社的社长，迫于红子的声势展开了行动。得知这个消息，蓟立刻进行下一步行动。

听说戏剧社为了明年的圣玛丽安娜节，计划让那个下任王子候选人的高一生饰演主角。蓟亲自造访了位于新校舍二楼的新闻社。社团教室里，神情狂热的眼镜少女们忙着撰写报道，但一发现蓟，便立刻领她到社长所在的蚊帐前。新闻社社长名叫金田美智子，是无人不知、无人不晓的货真价实的“姊妹”。

所谓的“姊妹”，意指具有同性恋倾向的说法，但此现象在清一色少女的学园里，其实并不罕见。如果环境中没有异性，转而将感情投注于身边的同性友人，一点也不奇怪。不过“姊妹”有真性与假性之分，真性的比例，据说四十人中仅有一人。大部分的女学生只不过是假性姊妹，渴求密友、“someone”的人，换句话说，不过是柔性的、假性的“姊妹”。眼前对红子动心的无数少女，便是属于这一类。但金田美智子不同。这名少女，是那四十分之一的少数。

“……蕾给你。”

听蓟这么说，美智子摘下黑框眼镜，邪邪地笑了。

“是吗？”

凡是蓟的命令，干劲十足的太妹村雨蕾无不听从。这场与新闻社的交易，她也是笑着答应了。美智子表示兴趣后，蓟说出戏剧社高一生从暑假就与庆应高中部学生交往一事。

“都已经有男性爱人，哪有资格当王子。这情报倒是不赖。”

“麻烦你报道出来。”

“你会把村雨蕾留下吗？”

“会的。”

“那好吧。不过你这学姊也太可怕了。”

新闻社深处有顶紫色蚊帐。不知是因为眼睛有病，或纯粹是因为神经衰弱，金田美智子视野里总有虫子般的无数黑点在飞舞。由于畏惧这些纷飞的幻影黑点，她总是躲在社团教室的蚊帐内，不断擦拭眼镜。在蓟的示意下，村雨蕾走进蚊帐。只见她盈盈一笑，毫不犹豫地脱下了奶油色的制服。妹尾蓟轻视所有的少女。无论是头脑不好的红子，还是太妹蕾，都令她生出一种近似同性相斥的愤怒与轻蔑。然而，其中她最痛恨的，便是丑陋的自己。另一方面，蕾是个天真又傲慢的少女。她仰慕蓟的头脑，只要是为了蓟，几乎所有的事都愿意做。

自这天起，新闻社与读书俱乐部暗中联手，先是发表了戏剧社高一生与异性交往的绯闻。戏剧社社长气得发狂，直闯新闻社。

只可惜她的个性就像竹子一般耿直，只懂得直接抗议，像“金钱行贿”或“提供一夜春宵”这等事，清廉高尚的王子绝对做不出来。她之所以逐渐疏远昔日好友蓟，不光是因为外貌，价值观不同也是原因之一。在好青年的她眼里看来，为达目的不择手段的蓟就像个怪物。然而失去昔日好友的蓟，已经管不了这么多了。

第三学期就这么结束了，一九六九学年度，也就是乌丸红子的年度来临了。学园之外，彩色电视机疯狂热卖，东大入学考受学运波及而决定中止，神田学运最后遭到八千多人的机动部队包围，安田讲堂被攻陷，东京鬼哭狼嚎。相较之下，圣玛丽安娜学园显得平静无波。就在那个封闭的少女乐园，乌丸红子的年度如同一股沉静却巨大的浪涛，缓缓袭来。那血红的浪涛！

入学典礼盛况空前。赞美诗歌声飘扬，少女的祈祷声响亮，刚自初中部升上来的高一新生莫不陶醉地凝望现任王子，即戏剧社社长。她是清廉高尚、货真价实的王子，全身散发着清新耀眼的光芒，但她的后继者——戏剧社的学妹，却为淡淡的乌云所笼罩，因为新闻社连日报道了她在庆应有男性恋人的消息。她并不以恋情为耻，举止磊落大方，但清廉高尚的戏剧社实在太不了解大众的心。结果就在她不改抬头挺胸姿态的同时，情势已变，读书俱乐部的不良少年受欢迎的程度大幅度上升。

少女们不再期待戏剧社的下一次公演，而是将热情倾注在阅读乌丸红子的爱书上。红子在图书馆借过的书，有数十人，甚至上百人争相预约；为了拉近与红子的距离，少女们苦读艰涩的法文与德文。由于读书俱乐部将内部进行的工作——“红子王子化”计划视为机密，一直拒绝新社员加入，被拒于门外的少女们放学后只好如同组成华丽的魔法阵般，包围读书俱乐部所在的那幢形同废墟的红砖大楼，痴痴仰望建筑物中的那名青年。恋慕之心化为祈祷升天，又空虚地坠落，一而再、再而三地反复。至于在社团教室里的红子，则是在蓟这个严厉教练的监督下，死命将看不懂的书籍内容大纲塞进大脑。

老实怯弱的红子遵从蓟的所有吩咐。她完美复制了不良少年的举止，无时无刻都不会露出破绽，从早到晚彻底演好自己的角色。渐渐地，对她而言，角色与真我之间的界线越来越模糊，不久就连蓟传授的学问，也能自然而然吸收，仿佛与生俱来一般。不知不觉中，红子习惯了站在众人之上。只要她脸上闪现一丝微笑，少女们便激动尖叫，甚至还有人就此昏厥。

学园内分成红子派与戏剧社派，战况愈演愈烈。六月的圣玛丽安娜节，戏剧社将举办公演，蓟料到届时的狂热可能会使一些选票流向敌方。她鞭策一心以为能轻松获胜的红子，说道：“再加把劲儿。”

“干吗？”

“你要谈恋爱。现在时机正好，红子，谈场恋爱吧！”

只要与“someone”在一起，乌丸红子的魔力也会威力加倍。蓟筹划再三，花了三天三夜时间完成剧本，交给红子与蕾。没想到会被叫上舞台的村雨蕾也大吃一惊。

翌日起，向来独来独往的乌丸红子身边，开始有村雨蕾跟着。原来这天早上上学时，蕾在校门口差点被车撞着，是红子救了她。好几名高二生亲眼目击了事发现场。其实当时开车的，是她们在夜晚的酒街结识的、向来很帮忙的不良少年。事发当时，只见奶油色的裙摆翻飞，红子飞奔过去，一把抱起蕾往旁边扑倒，嘴里低声骂道：“混账东西！开车不看路吗？！”自此之后，蕾便追随红子，随侍在侧。乌丸红子孤独已久，少女们向来只能远远在旁心焦注视，但有了蕾这个“someone”之后，红子给人的感觉变得柔和许多。对此，少女们感到安心更胜于嫉妒。长久以来，红子身上总散发着一股麻痹少女的不幸气息，让少女们宁愿放弃独占红子，只愿她幸福。

蕾虽然不算美丽，倒也说得上楚楚可怜。何况只要按照剧本演出，也看不出蕾是太妹。更重要的是，红子与蕾都全心信奉蓟的头脑。自此之后，在学园的每一个角落，两人恍如置身无人的凄美废墟之中，或凝视，或低语，或微笑。蕾绝不摆出与红子平起平坐的态度，总是跪着仰望，或是站在稍远处偏着头凝视红子。少女心目中与红子的理想友情正是如此，便纷纷将自己投射在蕾身上，以火热、悲情、抑郁的矛盾情结守候着两人。

在这期间，新闻社持续报道戏剧社的绯闻，有如连载专栏般，令人见识到其纠缠的功力。一个有男性恋人，一个则忠于“someone”，两名王子候选人的声势到此开始出现决定性的差距。乌丸红子的恋情是所有少女的梦想。是梦，是幻影。少女们极度感动，含泪关注。蕾似乎也是个孤独之人。她不以得到红子为傲，总是垂眼紧贴着走廊一侧走。少女们不知道，蕾朝思暮想的，其实是蓟。两名少女遵照蓟的剧本，梦想爱情，笑谈青春，议论永恒。每天傍晚，两人怯怯互望，如蜻蜓点水、小鸟轻啄一般接吻。少女们叹息着感动泪下，望着乌丸红子冰冷的亲吻。

两人如入无人之境，轻怜蜜爱，令天性正经的戏剧社社长大为愤慨，认为简直是不知廉耻。由于为蕾销魂的新闻社社长始终相应不理，戏剧社社长转而向学生会抗议。

学生会协议的结果，认为抗议有理，便报告修女。不久，乌丸红子与村雨蕾被修女叫去。两人手足无措，嚷着“这下惨了”“该怎么办”，妹尾蓟则给了她们接下来的剧本。红子赶紧背台词。正如为俊美青年士官捉刀的丑男西哈诺，蓟大显身手。

听说两人被修女叫去，大群学生挤在旧校舍一楼的修女房间外偷看。面向庭院的窗外，出现清纯少女的玫瑰色脸蛋、脸蛋、脸蛋、脸蛋与脸蛋。此情此景，令红子不由得联想起鲂仔鱼鱼干片，平民的口味。修女确认了两人不纯交往的事实。蕾啜泣着。红子已将台词背得滚瓜烂熟。只见她挺起胸膛，以窗外也清晰可闻的音量朗声说道：“我们是相爱的，我可以在这里大声说出来。这有什么可耻的？”

修女大吃一惊，手在胸口画了十字。

“这怎么行……你们两个都是女性呀！这种事天主是不会允许的。”

“他真的不允许吗，圣玛丽安娜？”

红子抬头问墙上的肖像画——诞生于十九世纪末的法国修女，崇高的圣玛丽安娜。画中圣玛丽安娜美丽的侧脸带着一抹永恒而暧昧的微笑。

这份暧昧，正是女人之所以为女人啊——蓦地，红子这么想。不过这只是片刻的念头，下一秒蓟的头脑又附在她身上，红子忠实地背诵台词。

“爱情，爱情有性别之分吗？修女，我认为，爱与形貌无关，与我们生为何种性别无关。只要对方的心灵是崇高的，是值得尊敬的，就够了。爱情与外貌无关，因为啊因为，修女，我们是无限接近精神性的存在。啊啊！在这里的，就只是精神而已。”

红子手按胸口，说完她的台词。

窗外的少女或昏厥，或喊着乌丸红子的名字哭泣。精神的、精神的！这种主张确实打动了少女的心。尽管红子表面上忠实扮演她的角色，其实心里想的是：什么狗屁精神！我是女人，女人可是肉体。

她啐了一声，踢着石头走在回家的路上。同性对自己的爱慕，开始令红子感到窒息。蕾安慰她：“和被忽视比起来，被爱要好得多吧？”

“说得也是，去年我真是寂寞得要命。”

红子又踢了一下石头。石头滚呀滚的，碰到圣玛丽安娜巨大的铜像脚边，停住了。红子仰头望着那朝天耸立、巨大如镰仓大佛的铜像，说道：“圣玛丽安娜会明白吗？”

“明白什么？”

“我吃的苦啊。”

“一定会的。这个人可有趣了！她在本世纪初漂洋过海来到日本，老年时却突然神秘失踪。其实，她失踪不过是十年前的事。学园的正史虽然什么都没写，不过我们社团教室里有本秘密的社团记录簿，上面记录了她的传记呢。蓟学姊找出来读过，很精彩哦。”

“哦……”

红子笑了。

“我还以为她是死脑筋的阿婆，听你这样讲，也许她还蛮明理的吧。”

“呵呵呵。”

红子精神好了些，又继续走。那时候，她突然闪过一个念头，想要试着以自己的话语来说话，而不是只仰赖蓟的头脑。这时候的她习惯了被爱，甚至有几分厌倦，对自己的力量产生了自信。不久，六月到来，圣玛丽安娜节来临了。

节庆典礼上唱起了赞美诗，戏剧社举办了公演，女学生叽叽喳喳地享受这一切。接着轮到了学生会主办的王子选拔，然而今年人多势众的戏剧社分量感顿失，投票还没结束，少女们便“红子、红子”地呼喊乌丸红子的名字，祈祷般双手合十。

蓟自远处心满意足地望着这幅光景。她们呼喊的既是红子之名，却又不是红子之名，正确地说，应该是红子体内的蓟！然而，她们爱的究竟是青年乌丸红子的外表，还是才情呢？

爱情，是因外表而生，还是因才情而生？

这一年的王子选拔，乌丸红子以遥遥领先的票数当选。公布的瞬间，红子在台上露出腼腆的笑容，蓟却当场痛哭失声。明明赢得了胜利，但不知为何，蓟的眼泪不住地滚落在丑陋的脸庞上。她若有所失，觉得像是失去了纯情，失去了骄傲，失去了对丑陋的自己从不间断的爱。蓟觉得自己仿佛被附身，被玷污了。她喃喃地说出西哈诺·德·贝热拉克的台词，拭去丑脸上的泪水。

“这样就好，我这辈子注定要供给别人粮食——自己则遭人遗忘！”

举世无双的丑角——妹尾蓟，就在滂沱的丑陋泪水中悄然退场。

读书俱乐部为这场前所未有的壮举欣喜若狂，即将引退的高三学姊命一个高二生将那荣耀的一天记录在读书俱乐部的社团记录簿中。顺便一提，那名高二生便是红子的同班同学，去年拼了命丢出无数橡皮擦子弹的女学生。

就这样，一九六九年成为我等读书俱乐部值得纪念的一年。我等尚称满意。妹尾蓟后来专心准备外校升学考，“青年·乌丸红子”的营运则交由红子本人负责。红子气势如虹，依旧深受少女们的喜爱，然而毁灭就在当年的秋天降临。

乌丸红子，恋爱了。

乌丸红子被叫到上次做出精神宣言的那个房间，接受修女的质问。这一次，房里不见村雨蕾的身影。红子深吸一口气，决定以自己的话发言，却无法顺利出声。她受蓟的影响太深，吸收了太多东西，已经变成了另一个人，以致无法顺畅地说出自己的话。

今天红子被叫来的理由是，不纯的异性交往。

也就是万万不可发生的“乌丸红子恋爱事件”。当初她为了磨炼演技经常走访夜晚的酒街，而她的恋人正是那时结识的不良工人。两人意气相投，那之后经常避人耳目私下会面。红子出身自大阪老街，比起做作的少女，她和这些平易近人的工人更谈得来。如愿找到真正的“someone”，红子心满意足。只是这位“someone”并非同性好友，而是她的第一个男人。换言之，红子打从开始就只是个女人！自她踏进社团教室的那一刻起，从她十五岁插班到学园的那一天起，她就是女的，女的！

这正是异臭的来源。由于与恋人之间有了爱的结晶，红子选择退学结婚。

红子以她自身的感受，思索何谓女人的幸福。总有一天，我们会遇见“someone”，然后与对方共筑幸福的家庭。这才是快乐的结局。我不要公主，我要的是丈夫。真正的乌丸红子现身说法。

“我现在很幸福。但愿大家也能遇见心爱的男人，获得幸福。”

只可惜红子的话没有达到效果，只见挤在窗前的少女瞬间全都背过身去，跑过中庭，就像要远离令她们万般厌恶的东西，宛如逃离海啸的野生动物，反应迅速。

少女们顿时无影无踪，只剩下红子独自走在走廊上。她回教室拿书包，没有半个人向她搭话，她直接退到走廊。

走廊地板木纹光亮，映照着红子苍白的脸。走出校舍，茂密的银杏满树金黄，扇形叶片在风中摇晃，好像在挥手道别。她和来时一样孤身一人，魔法似乎已经失效，十七岁的乌丸红子孤独地转身离开学园。

正当她举步离开的那一刻，校舍的窗户一齐打开，本应在上课的少女纷纷从窗子探出头来，目送王子出发。数不清的雪白小手猛烈挥动。“啊！”红子发出惊呼。

嘈杂的人声以可爱的女高音回响，逐渐汇集，将她们的话语送进红子耳里。

“去——死！去——死！去——死！去——死！”

声音越来越高亢，越来越响亮，一辈子钻剜着一名少女——躲在高三教室里，悄悄地将丑脸埋在教科书之中——的心，在秋日的天空扩大、回荡，几乎响彻东京。

“去——死！去——死！去——死！去——死！”

"……为什么？"

红子百般不解地低语，然后毫不留恋地背对学园，再度迈开脚步。经过圣玛丽安娜的巨像前时，蓦地，她觉得唯有这个失踪的修女圣玛丽安娜能体会自己的心境。虽然没得到巨像的响应，她也不在意，轻轻抚摸自己的肚子，心想出生的最好是男孩，因为女孩子实在太莫名其妙了。这是她在学园的最后一个念头。一走出正门，她跳上等着的男人的跑车，就此将那个封闭的少女乐园遗忘。

"伪王子"有如过街老鼠般遭到放逐，从此行踪不明。

此乃一九六九年秋天，乌丸红子恋爱事件的全貌。

我等读书俱乐部，对此事尚称满足，毕竟此乃前所未有的壮举。我，代号"橡皮擦子弹"，之所以在此悄悄记下历史，也是由于本次事件遭到圣玛丽安娜学园学生会扼杀，在相当于学园正式文件的学生会志上一概不予记录。学生会志上，注明这一年的王子空缺，乌丸红子之名成为禁忌，自少女乐园的正史抹去。然而，她曾经存在，确实存在。我等为了向那位完成此无人可及的奇功异业、随风而逝的不良少女——乌丸红子表示敬意，将一切记录于此。

这一年或许因为"伪王子"的诞生而遭到诅咒，以外部升学为目标的高三生一一落马；家庭破碎、破产而流离失所者有之，失足自大楼跌伤者有之，遭不良分子袭击者有之——诅咒如黑风般吹袭乐园，撼动了我们。她曾经存在，她曾经存在，她曾经存在于此——风如恶魔般不断低语。这一年，不受诅咒影响，轻松愉快地离开圣玛丽安娜学园的，便只有妹尾蓟一人。她考上安田讲堂遭攻陷、沦为废墟的东大，丑脸得意得闪着油光，脚步轻快地消失在红门之后。戏剧社社长进入学园体系的大学。本应当选为王子的学妹成为社长，以正直的秉性率领戏剧社。后来她与庆应男友分手，又交了其他男友。当然，是谨守学生本分的清纯交往。

女学生深受这个强大的诅咒威胁，此后不敢再提起那个名字，闭上嘴专注于课业。次年，王子选拔赛仿佛什么事都没发生过一样再度举行，但已不见去年的狂热。乌丸红子之名成为禁忌，自正史消失，唯有在我——橡皮擦子弹所记录的这本黑暗的读书俱乐部社团记录簿中留名。

少女啊，你是永恒。

人们啊，切勿无谓地危害乐园。

一九六九年度　读书俱乐部社团记录簿

主笔：橡皮擦子弹

第二章

圣女玛丽安娜失踪事件

天主，不存在。

恶魔，亦不存在。

诸君，世界如同南瓜，空空如也！

作者不详

《哲学福音南瓜书》

于东京山手地区拥有广大校地的圣玛丽安娜学园，成立于遥远的一九一九年。

创办人圣玛丽安娜于前一年只身自巴黎渡海来到日本，从西到东奔走在这狭小的岛国。最后她的努力有了回报，学园可以说是以她理想的形式，朝新时代的汪洋起航。

圣玛丽安娜本人也深受来学园就读的异国良家子女敬爱，而这些女学生的敬爱之深，常令学园外的人感到异常。她们爱慕摇曳着一头金发的圣玛丽安娜，早上赠花，中午以女高音献唱赞美诗。老年的她自教育现场退下，偶尔现身时，少女们便飞奔上前，围住她，以小鸟般悦耳娇嫩的声音轻啼。那孺慕敬爱的情景显得无限温馨。

圣玛丽安娜在亲手创办的学园中生活了漫长的四十年，每年领着年轻学子前行，而她则一点一点、一点一点，如绿树落叶枯萎般老去。然而就在一九五九年，创校第四十年的冬天，她忽然自学园消失。事情发生在静静飘着雪的寂寥夜半，被积雪严密包围的校舍里找不到离去的足迹，但她的人却不知何时消失了踪影，就像雪人等不及春天便融化一般，十分不可思议。众人始终寻不着她的下落。这起外国老妇突然失踪的案件，也成为那年冬天各大报纸的头条。

其实，玛丽安娜毕生隐藏了一个重大秘密，与巴黎时代兄长之死有关，但事件的真相，是与她亲近的修女、敬爱她的学生做梦也想不到的。事后，自杀、他杀、意外等种种臆测如不祥的黑金鱼般在学园上空游走，不过最后警方分析并非犯罪事件。学园的实质运营也早已交由财团法人负责，因此没有造成重大混乱。此时，东京吹起了六十年代的安保风暴，接连发生桦美智子遭轧死、社会党浅沼委员长遭刺杀等事件，注定名留历史的人物死于非命，世人为此感到万分痛心，一名外国老妇的失踪新闻自然不久便自新闻版面中消失。随着敬爱她的学生毕业，老圣女的离奇失踪事件以及她惊人的秘密，也逐渐被学园内外淡忘。

留下来的，只有昔日年轻的圣玛丽安娜面露微笑、表情若有所思的肖像画，以及在她失踪前一年塑造的，规模媲美镰仓大佛的巨大铜像。

离奇失踪的圣女玛丽安娜，一八九九年出生于巴黎郊外的一个贫穷农村。父亲是村里唯一的天主教执事，是个严肃而苦行禁欲的人。母亲则与父亲形成对照，在贫困中也不忘高歌，开朗无忧。而玛丽安娜像父亲，生来喜欢追求真理。她是一男一女中的老幺，父亲看出她的特质，对她寄予厚望，为了让女儿继承自己的衣钵，便将才五岁的她送进了远方的修道院。

与玛丽安娜相反，长她六岁的兄长米歇尔像母亲，是个散漫的孩子，个性开朗，自幼桀骜不驯。五岁时，有天不知为何突然大喊天主不存在，受到父亲的严厉处罚。

接着，似乎连上天也要处罚他，他从骡马上跌落摔伤了脚，导致右足微跛。或许是因为身体的残疾，自此之后，尽管还是个孩子，他身上总是蒙着一层不可思议的暗影。

父亲察觉儿子的个性有缺陷，很早便不再指望他。米歇尔刚满十八岁，便想要逃离父亲和贫穷的村子，留下一句他得到奖学金要上大学，离开了家，但到了巴黎，成天只知玩乐，不务正业，漫无目的地沉溺于都会的逸乐。

一九一四年初，圣女玛丽安娜与睽违已久的兄长米歇尔在巴黎重逢后，人生轰然崩溃，坠入与日后失踪事件相关的另一个人生舞台。

这一年，巴黎冷得寒流罩顶，但王宫广场洋溢着足以赶跑寒意的热闹气氛，因为吉卜赛人事隔数年来此卖艺，巴黎的年轻人莫不为之着迷。

以树叶落尽的七叶树为背景，肤色黝黑的男男女女敲打着异国风情的乐器，舞动身体；老人演奏的手动风琴，像怪兽般以四足站立，发出悲伤的音色；旋转木马上的坐骑造型是前所未见的奇特生物，马头是长长的蛇身，一圈又一圈高速旋转，坐在上头的孩子兴奋尖叫；展示全身鳞片的小人鱼和连体女婴的杂技棚里，不时传出客人愉快的惊呼声。

塞纳 - 马恩省河染成灰色，圣母院积了雪，可怖的石像怪兽也像戴了一顶白帽子。恋人拥着彼此的肩漫步，携家带眷的人们簇拥而行。这一天，在被雪濡湿的人行道上，一个小个子青年吐着冷冷的白气，匆匆而来。他是圣女之兄米歇尔。这时他刚二十岁出头，眼睛是做梦般迷蒙的紫色，柔软的头发垂落在胸前，呈现蜂蜜般的动人光泽。路上的女郎不时悄悄朝他看上几眼，但米歇尔视而不见，时髦的靴子踩得咚咚作响，微微拖着脚，赶着走过马赛克砖闪耀的大马路。

抵达车站后，米歇尔停下脚步，在排列而坐的旅人当中，找到了他要找的女孩。

那个瘦弱的黑衣女孩，抱着一只简陋的行李箱，一头暗红色或该说是铁锈色的头发又粗又硬，长及腰际，站在与她发色相同的中年男子——父亲面前，神情无比认真地垂着头。两人的气质如出一辙，一望即知是父女。父亲正在严肃地说教，女儿以驯顺的表情倾听。不久，女孩发现了躲在藤蔓花纹的铁柱后头，又是鼓颊又是转动眼珠做鬼脸的米歇尔，差点扑哧而笑。她连忙低下头，瘦小的双肩微微颤抖。

终于，父亲说教完毕，父女彼此互望，同时在胸前缓缓画了十字。父亲在女儿鼻尖上轻轻一吻，消失在车站内，躲在铁柱后的米歇尔松了一口气，旋即走了出来。

他踩响靴子走近女孩，轻柔地喊道：“玛丽安娜……”女孩脸上立刻绽放笑容，神采奕奕地奔过来，喊着“哥哥”，扑进米歇尔怀里。

女孩正是比米歇尔小六岁的妹妹，玛丽安娜。她与光芒四射的美丽兄长形成对照，外表并不起眼，灰色的眼眸有如随时会下起雨来的阴霾天空，闪耀着思虑周密的沉静之光。铁锈色的头发未经保养，又粗又硬。但细看便可察知她的五官与兄长相似，十分清秀。瘦弱的玛丽安娜扑进哥哥怀里，注意到四周有许多女子在痴痴望着米歇尔，忍不住像猫儿般慢慢眯起眼睛。她让哥哥帮忙提那只简陋的行李箱，兄妹俩友爱地并肩出了车站，走上北风飒飒的大马路。

“你要直接去修道会吗？”

“嗯，马上就去。”

“你第一次来巴黎，一定不认得路吧，要不是我来接你，你一定会在大都会里迷路。”

“才不呢，父亲说要送我，是我拒绝了。因为，我看到哥哥躲在柱子后面了。哥哥躲着父亲，父亲也不见哥哥一面就回村里去……”

玛丽安娜声音小了些，失落地仰望哥哥的侧脸。

玛丽安娜是受到教会派遣，才千里迢迢由地方上的小修道院前往巴黎的修道会。本世纪初，法国政府基于“共和制的基础在于公立教育而非私立教育”的思想，实施政教分离政策。政府鼓励不教授宗教教义的义务教育机构，使得修道会四处碰壁，转向国外寻求宗教教育的舞台，开始派遣修士和修女到海外各国。玛丽安娜便是在这样的背景下，被拔擢为修道会所计划的女子修道教育机关的教育培训人员，为了刻苦进修而来到巴黎。但比起这些，能够生活在原本数年才能见上一面的兄长附近，更令她感到欣喜与安心。

“爸爸刚才嘀嘀咕咕跟你说了什么？”

“父亲说，要相信天主的力量，不惜努力成为更好的人，因为无论我们身在何处，天主都在我们身边。”

“哦。可是，真的有天主吗？”

“哥哥！”

“……好啦好啦，开玩笑的。你用不着一脸伤心啦！”

米歇尔罪孽深重的玩笑，令玛丽安娜夸张地惊跳起来。每次见面，兄长的举措总令玛丽安娜感到震惊，以致尽管两人年纪相差六岁之多，她总是得出言规劝。玛丽安娜不知不觉中俨然成为严父的翻版，成了“小父亲”。然而日渐成长的妹妹越是如此，米歇尔便越是自暴自弃，像是要与之抗衡，长成一名玩世不恭的男子。小小的玛丽安娜肩负起父亲的期待，全心投入勤学与信仰的生活，可以说，她是个像儿子的女儿。相对的，美丽的米歇尔则为母亲宠爱、为异性爱慕，自在任性地过日子，是个女儿般的儿子。

来到广场时，玛丽安娜不可思议地望着那些唱歌跳舞的吉卜赛人。注意到的米歇尔扬起一边眉毛，问道：“怎么了？想看吗？”玛丽安娜初次来到大都会，无论看到什么、听到什么莫不感到新奇，但她兴趣盎然地看了一会儿后，紧咬下唇，一脸苦行禁欲的表情，摇头说：“……不想。”

来到位于圣母院旁的修道会，玛丽安娜脚步轻快地跑上灰色的石阶，浑身上下洋溢着对即将展开的生活怀抱的自豪与期待。在踏进石造大门之前，玛丽安娜缓缓回过身去。兄长微倾着头，脸上带着温柔的微笑仰望玛丽安娜，闪闪发亮的蜂蜜色秀发柔软地覆在端正清秀的脸上，西斜的阳光将他照得好耀眼。哥哥看上去简直就像长大的天使——玛丽安娜深受感动。尽管米歇尔不过是个无所建树的懒鬼，但他的魅力浑然天成，光是站着便引人注目。玛丽安娜拉了拉自己粗硬的铁锈色头发，害羞地悲伤一笑，转身消失在修道会中。在这座中世纪以来便耸立于此的庄严石造建筑里，信仰与勤学的清苦生活正等待着年仅十五岁的玛丽安娜。

至于米歇尔，将妹妹平安送到修道会之后，他便手插着口袋沿着来时的路晃回去，方才挂在脸上的温柔笑容，幻影般从脸上一扫而空，表情一沉，显得忧郁又有些刁蛮；嘴里叼了一根烟，老气横秋地抽着，脚步闲散地离开了修道会。

他喜爱妹妹的心情确实没有一丝虚假，但古板的修道会建筑总令他联想到父亲，使他不愿靠近。米歇尔从小便和父亲处不来。父亲说的话永远是对的，但米歇尔从中丝毫感觉不出爱应有的纯白光辉，他觉得像开朗的母亲身上的那种温馨关爱，才是人性最美好的一面。

父亲因为笨拙，不懂得如何表达关爱，身为家人必须体谅这点——母亲每有机会便如此规劝儿子，但年轻的米歇尔始终不明白母亲话里的真意。父亲就是自己看到的那个冷血无情的男子。然而，尽管心里这么想，米歇尔也不明白，为何自己会如此深爱酷似父亲的妹妹。即使会令他联想到父亲，但玛丽安娜年纪还小，她总是固执地咬着嘴唇，像在忍耐什么，那样的表情让米歇尔心疼不已。

米歇尔为了逃离父亲来到大都会巴黎已将近三年，至于他在这里的作为，不过是与几个损友在冷门地段开了一家“读书俱乐部”，靠微薄的收入过活。这阵子巴黎开了许多人称读书俱乐部的租书店，有“艰涩学术书籍俱乐部”，服务买不起教科书的穷大学生；有“娱乐小说俱乐部”，沉迷于时下流行的罗曼史小说的年轻女仆经常光顾。各种租书店依用途应运而生，随处可见。而米歇尔与损友经营的读书俱乐部，则专门收集书籍管制烦琐的路易王朝时代在地下流通的禁书，也就是“禁书俱乐部”。这些禁书是与他们一同夜游的不良贵族朋友赠送的。他们从朋友家仓库搬来大量禁书，租了一个小店面，提心吊胆地开张营业。幸好店里不时有客人上门，像是喜爱奇书的中年绅士或醉翁之意不在书、目的是与米歇尔等美青年交谈而来的女孩等，总算能够支应生活。

当然，米歇尔心中不免感到焦虑，他知道不能一直这样下去。在巴黎认识的朋友已经陆续完成学业，结婚养家，逐渐成为头角峥嵘的人物。只有米歇尔与他的伙伴仍旧日复一日随波逐流，过一天算一天，明日和今日过得没什么不同。尽管生性乐观散漫，但他一直强烈感觉到自己身上有股未知的力量沉眠着。现在的自己确实没有付出任何努力，但那只是因为还没有找到努力的目标。

一旦找到，自己便会勇敢、无私、精力充沛，比任何人都热衷于达成目标，成为男子汉中的男子汉。他希望父亲不要以现在一事无成的自己来评断，等看到自己届时的模样再下定论。虽整日游手好闲，但他内心始终这么想。这个时期的巴黎充斥着无所事事的年轻人，米歇尔正是其中一员。

十天后，小修女玛丽安娜造访了由这群忧郁青年经营、位处僻地的读书俱乐部。

正逢下雪的日子，巴黎打从白天便寒意刺骨，路上行人也不多话，行色匆匆。玛丽安娜费了一番工夫总算抵达了位于圣母院后巷——人偶店、蕾丝盘商、纽扣专卖店林立的七叶树小路——的专营禁书的读书俱乐部，她拨弄着粗硬的铁锈色头发，犹豫着该不该推开门。

四周的店铺在玻璃橱窗里摆饰了琳琅满目的商品招徕客人。五彩缤纷的纽扣；如梦似幻的蕾丝；花朵图案的盘子与茶具；填满可疑液体的香水瓶，瓶身还刻着姿态不雅的裸女雕像。对在乡下长大的玛丽安娜而言，这一切是如此灿烂夺目，无不散发出都会特有的堕落味道，充满了欢乐气息、对奢华的憧憬和男女煽情又悲哀的欲望。在清纯的玛丽安娜眼中，这些东西既奇妙又罪孽深重。此刻，玛丽安娜来到了她要找的住址，怯生生地望着位于一幢古老红砖建筑——人称“拿破仑公寓”，拿破仑三世于上一世纪为劳工兴建的低租金集合住宅之一——的一楼店铺前。

“玛丽安娜！”

这家店没有半个窗户，只有一扇黑沉沉的门，显得十分神秘。店门打了开来，米歇尔飞奔而出。挂在门上的粗陋木招牌微微晃动。玛丽安娜眯起暗淡的灰色眼眸，抬头看招牌。

哲学福音南瓜

招牌上以可爱浑圆的字体这样写着。那是哥哥独具风格的字迹，玛丽安娜在米歇尔偶尔不时寄到修道院的明信片上看过。是的，“哲学福音南瓜”正是这家专营禁书的读书俱乐部的店名，是她长大成人的兄长的城堡。

玛丽安娜歪着头，小声地说：“院长准许我自由活动，我就来了。”由于成绩优异，品行良好，玛丽安娜很快便得到师长信任，经院长亲自批准，得以自由活动。

她一有机会走出修道会的建筑，便直接来找哥哥。顺着妹妹惊奇的视线，米歇尔瞥了一眼邻近店家橱窗展示的一只红色香水瓶。他粲然一笑，拉着妹妹的手说：“进来吧。”由于店内昏暗又不明底细，玛丽安娜有些害怕，一时退缩，不过，她决定相信哥哥，便用力回握兄长的手，挺直了背脊，像个小教宗般昂然迈步。

分明是白天，但因为没有窗户，店内一片昏暗。几盏不知是在跳蚤市场买来还是路边捡到、样式不一的破油灯散发着朦胧的灯光。四面墙全是书，老旧的书脊宛如瞪大了眼睛的老人俯视着玛丽安娜，叫人心里发毛。屋子里充塞着古本旧籍尘封带潮的独特气味。空间很小，四处摆放着同样看似从跳蚤市场收集而来、风格设计各异的椅子。日式风格，俗丽的洛可可样式，甚至是葡萄酒桶。玛丽安娜从那些乱七八糟却令人无法讨厌的家具摆放方式，看出哥哥的个性，不禁喃喃地说："从客人选择入座的椅子，可以看出那人的特质呢。对，好比我，如果要我挑一张喜欢的椅子坐，我一定会自动坐上那张硬邦邦的木椅吧。哥哥个性随性又开明，很适合那张设计奇特的日本风椅子。对了，还有……"

"玛丽安娜？"

米歇尔这一喊，让玛丽安娜回过神来。

适应店里的光线之后，散布各处的客人身影也随之浮现。身穿做工良好的西装、手持龙头拐杖的老绅士，正专注地看着书；戴着黑框眼镜、一身女教师风范的妇人，则是托着腮出神沉思；几个年轻女孩聚在角落，神情严肃地传阅一本书，并不时朝米歇尔瞟上几眼。这些客人，确实都坐在适合他们的命运之椅上。

在米歇尔的招呼下，玛丽安娜走进位于角落的柜台。她在木箱上坐下，米歇尔为她煮了浓缩咖啡。“这里的书可以外借，不过也可以选择在店内阅读，以小时计费。浓缩咖啡是提供给在店内看书的客人的特别服务。”听米歇尔如此解释，玛丽安娜大感惊奇。一直生活在修道院的玛丽安娜涉世未深，不晓得竟有这种买卖。她也忍不住揣测，要是父亲知道哥哥在经营这种带着犯罪气息的怪店会做何感想。

仿佛猜到了玛丽安娜的心思，米歇尔低声说：“我是我。”他将装了浓缩咖啡的杯子放在妹妹面前，自己慵懒地抽起水烟。

“可是，哥哥。”

“就像你就是你，玛丽安娜，我的小鸟儿。”

玛丽安娜想说些什么，但想到的话都像是来自父亲的教训，便没有开口。哥哥的侧脸满是忧郁，让做妹妹的不敢作声。喝一口浓缩咖啡，嘴里充塞着从未体验过的醇香苦味，玛丽安娜不禁低声发出呻吟。

“哲学福音南瓜”店里的书全是波旁王朝被推翻之前充斥于法国的禁书。在那个时代，政府禁止一切不利于君主制的书籍通行，商人应客户的要求印制禁书，悄悄流通。其中代表性的出版社“圣母南瓜书房”，是家总公司位于巴黎的大型地下出版社，在里昂和日内瓦也设有分公司，出版的书籍内容有讥讽王室的绯闻、举发巴士底监狱不合理待遇的社会批判派书籍，也有提倡教会禁止的邪恶无神论的哲学书籍、像得了强迫症般再三描写情色场面的官能小说等。圣母南瓜书房的员工或将这些书的封面印制为圣经，或将内容隔页安插于另一本书中，来蒙蔽审查官的检阅，冒险将书送到客户手上。起初书籍的内容娱乐性较强，但到了王朝末期，开始发挥煽动民心的功能，倡议法国必须革命的思想，呼吁民众思考何谓自由的意义。随着书籍在地下流通，言语的力量有如浊流般逐渐增强。革命之后，禁书解放，由地下转为地上，不再遭禁。然而当这些书堂而皇之地充斥地上书店的同时，魅力竟如黑魔法般见光失效，曾几何时又自街头巷尾消失。

在这些往昔的禁书当中，米歇尔最珍视的爱书，便是一本阐述无神论的哲学书，作者不详的《哲学福音南瓜书》。部分人士声称作者是个老人，白天是圣职人员，夜晚经营圣母南瓜书房，偷偷写下著作，但如今已无从查证。玛丽安娜表示想读，米歇尔听了担心地皱起眉头，但终究还是答应，对妹妹说“要保密哦”，将一本霉味扑鼻、封面漆黑的书交给了她。玛丽安娜一翻开书页，映入眼帘的便是“天主不存在”这等罪孽深重的句子。她仿佛屁股被人踢了一脚，自充当椅子的木箱上跳了起来，但随即就恢复冷静，一脸严肃地静静读下去。

“天主，不存在。

恶魔，亦不存在。

诸君，世界有如南瓜，空空如也！”

“人心具有欲望，欲望生出爱，生出恨，生出时间，划出国界，生出占有，发明了自我轻贱，而最造孽的是，啊啊，生出了天主，生出了恶魔。”

“将世界清空吧！如南瓜一般，如南瓜一般。南瓜！南瓜！诸君，世界必须一如南瓜。”

玛丽安娜沉浸在阅读之中，时间在不知不觉中消逝。她回过神时，发现狭小的柜台里多了两名陌生青年，紧靠着她坐在木箱上。玛丽安娜从阅毕的书本中抬起头来，惊讶地望着两人。只见青年不断替络绎不绝的客人端出浓缩咖啡，收下硬币，说上一两句简短机智的笑话。两人一个是黑发深蓝眼、表情落寞的青年，一个是红长发、有着猫一般倨傲绿眼的高瘦青年。两人外表南辕北辙，但奇妙的是，身上都有一股与哥哥米歇尔酷似的气质。与世界作对的孤独冷焰，自青年的体内升起狼烟。到了夜晚，仿佛受到这道孤寂的狼烟吸引，眼神同样凝重的客人越来越多，各自坐在命运之椅上，翻阅过去曾经有罪、如今已不再遭禁的书籍。客人从少女到老人，各种年龄性别都有，相同的是，每张脸上都满布悲伤，有着因愤怒而冷冷燃烧的精神刻印。

红发青年劳尔注意到玛丽安娜读完书了，便呼唤米歇尔，而黑发青年尚则大力抚摸着玛丽安娜的头。米歇尔倒在柜台后面的破沙发上抽水烟，他缓缓爬起来，拉起玛丽安娜的手，说："我送你。"两人一起离开了俱乐部。

来到外头，苍白的月亮照亮了雪路。石像怪兽诡谲的影子自圣母院落下，在路灯的照射下不祥地拉得老长。因为不小心读了罪过的书，玛丽安娜在心中忏悔。她牵着哥哥的手，缓缓走在覆雪的小路上。白天那些灿烂夺目的商店早已打烊，营业的店家换成以年轻人为客群的葡萄酒吧和廉价饭馆，逸乐欢快的喧哗声自店内传出来。米歇尔望着玛丽安娜的小脸，问道：

"你读得好专心啊，觉得有趣吗？"

"一点也不……"

玛丽安娜摇摇头，粗硬的头发宛如反映了她沉重的心，跟着缓缓摆动。

玛丽安娜天生像父亲，对事物很少感到疑问，信仰坚定，对她而言，哥哥的心一直是个谜。读过哥哥钟爱的书，玛丽安娜才总算了解，米歇尔是因为习惯质疑既有的价值观，过度深入思考，才会进而产生迷惑。玛丽安娜心想，米歇尔或许是对父亲的教诲，也就是所谓的信仰与正道，感到质疑和不解。读书俱乐部的客人也是具有相同特质的一群人。质疑是美的，思考是正确的，但是，那也是一条容易令人坠入虚无、引人走向毁灭的可怕道路。天主啊，求求您，请不要让哥哥的灵魂落入南瓜世界的魔手、名为空洞的虚无——玛丽安娜在心中向天主祷告着。

米歇尔对妹妹的苦恼丝毫不察，失望地垂下双肩。

“这样啊，不有趣吗？看你读得那么认真。倒是，你的背影和爸爸越来越像了。”

“讨厌，才没有呢！”

玛丽安娜摇摇头，紧握住哥哥的手。

“我喜欢哥哥，我是想了解哥哥才读的。”

“……那你如愿了吗？”

“没有。不过，我还是喜欢哥哥。”

看到玛丽安娜闷闷不乐的表情，米歇尔悲伤地蹙起眉头。来到修道会前，他满怀恨意，瞪视着那幢庄严古板、压迫感有如父亲的建筑物。

“哥哥？”

米歇尔弯下身子，在妹妹的小圆鼻上轻轻一吻。玛丽安娜痒得缩起脖子。米歇尔抱了抱妹妹瘦巴巴的身子，低声说：“别太勉强自己，太认真会折寿的。”他目送妹妹跑上石阶，打开门，待妹妹的身影被吸入修道会的建筑物里，便匆匆沿着来时的路折返。

一回到读书俱乐部，合伙人尚与劳尔一脸促狭地等着他，一个躺在沙发上，一个在柜台托着腮读书，两人一等米歇尔冷得缩着脖子回来，便迫不及待地说：

“恶魔米歇尔在妹妹面前完全变了一个样啊。”

“再没有比这更吓人的了。”

被两人争相调侃，米歇尔的脸色沉了下来。他叼起烟，不悦地点了火。

“……哪有这回事。”

“恶魔米歇尔”，是损友半开玩笑替这名不知令多少巴黎女孩落泪的美青年取的绰号。遭朋友取笑的米歇尔心情不佳，随手将玛丽安娜留下的《哲学福音南瓜书》放回书架上，又一次低声重复：“没有这回事。”

此后玛丽安娜忙于学业，无法取得休假，没有再去找米歇尔。

大约过了三个月，玛丽安娜总算可以自由行动时，冬天已然告终，温暖的季节来临了。

冰雪下的巴黎，萧瑟的冬天终于结束，七叶树小径上鸟儿交错飞舞，捎来春的讯息。阳光更加耀眼，照亮林木，绿叶在干爽的风中摇曳。

在王宫广场绕圈的旋转木马也放慢了速度，起初乘坐的都是孩子和年轻情侣，但近来只见一脸内向的老人和严肃的女教师也坐在蛇身上，提心吊胆地随之旋转。年轻的吉卜赛人意兴阑珊地弹奏着怪兽造型的四脚手动风琴。差不多也到了他们向北移动的季节了。这一天，玛丽安娜造访了久违的“哲学福音南瓜”。她的脸蛋似乎成熟了一点。季节同样降临在少女身上，快速拨动时间的指针，让孩子一步步确实地长大成人。

玛丽安娜听哥哥说到吉卜赛人即将离去的消息，有些遗憾地答道：“这样啊。”米歇尔把店交给尚和劳尔，带着妹妹来到店外。

玛丽安娜脚步轻快。米歇尔的头发长了一些，在春风吹拂下有如青壮骏马的鬃毛。玛丽安娜眯着眼仰望耀眼的哥哥，微微一笑。不久，两人来到王宫广场，米歇尔指着吉卜赛人说：

“选一个你喜欢的吧，有旋转木马、杂耍棚和舞蹈秀。”

“这怎么行呢！”

玛丽安娜连忙摇头，铁锈色的头发晃动着，眼眸里露出怯色。只见怯色越来越浓，玛丽安娜紧紧闭上眼睛。

米歇尔觉得好笑，凑过去凝视着妹妹的脸说：

“偶尔小小寻个开心，天主不会责怪的，爸爸也不会。娱乐和开心都不是罪过。”

“哥哥……”

“那算命怎么样？来算算你的未来吧！我看一定是光明灿烂，前途无可限量。”

和我不同——米歇尔在心中补上这一句。玛丽安娜仿佛听到了这句无声的话语，双眸顿时黯淡下来，依着哥哥的提议，轻声踏进搭起黑色与紫色帐子的算命摊。

摊内黑蒙蒙一片。玛丽安娜紧挨着哥哥的背，环视四周，眼睛适应光线后，看到一个满头肮脏银发的老婆婆蹲在一角，面前有颗淡紫色的水晶球。察觉两人进来，老婆婆白浊的眼睛陡然睁开，咧开没有牙齿的嘴笑了。

“想问未来还是想诅咒过去？”

“……问未来。”玛丽安娜怯生生地说。

她清澈的声音颤抖着，老婆婆微微眯起眼睛，玛丽安娜很快又说：“为了创办教会女校，我准备远渡重洋，到外国担任教职。

我也知道外国生活困难重重，我想请问，教育机构能不能顺利运营，那间学园的未来是不是充满希望。”从未听妹妹提起梦想的米歇尔，一反常态神情认真地凝视玛丽安娜颤抖的嘴角。

老婆婆望进水晶球，嘴里念念有词，然后以嘶哑的尖声说道：

“啊啊，我看到一所学校。哦，有好大一个你。”

“好大一个我？”

“是铜像。哈哈哈哈，还做得真大啊！”

“咦咦？”

“学园会开上一百年。”

“……一百年？”

“是啊，就像一场漫长的沉睡。百年之后，会有外来者到来。”

“外来者？那是什么意思？”

“男人啊，是你带来的。然后，你们会混在一起。”

“……”

“你要问的是什么？哦，学园的未来是否充满希望是吧？那当然了。不过，这些孩子长相真奇怪，你究竟要去哪个国家啊？我从来没看过这么黄的肤色，看来是很遥远的国度。”

“咦……”

“……不过，在你出发到异国前，会遇上怪事。真是怪事，你会改变，会发生重大的转变。你变得判若两人。这真是奇怪了。”

老婆婆呻吟着说，然后猛摇一头银发，发疯似的狂笑起来。玛丽安娜很害怕，蹙着眉头瞪视老婆婆。米歇尔付了钱，拉着妹妹走出算命摊。玛丽安娜吓得像只颤抖的小鸟，不过在广场的长椅上休息片刻后，又恢复了精神。

“哥哥，那人说的话真奇怪。重大的转变究竟是指什么？在出发之前，我究竟会遇上什么事呢……”

玛丽安娜喃喃地说。米歇尔偏着头，答道：“不知道呢。会不会是指心境上的变化呢？”

这一天，兄妹俩在天气回暖的巴黎散步，悠闲度过。话向来少的玛丽安娜向兄长娓娓而谈成立教育机构的工作。她认为女子教育势在必行，只不过由于太过年轻，想法未臻成熟，言谈时话语有些断断续续。米歇尔温柔地附和着，倾听妹妹说话。

春天来了，转眼又走了，巴黎正迎接短暂的夏天。做哥哥的生活一成不变，照常看店，读书，与朋友闲扯，日复一日。常客中一个有钱女孩向他求婚，他与同伴笑说：“娶她也好，至少以后不愁吃穿。”依旧夜夜寻欢作乐。做妹妹的则是在修道会中修习必要的知识，有如吃饱了风的帆船，朝派遣至海外的那一天笔直挺进。

这一年夏天，奥匈帝国皇太子在萨拉热窝遭到暗杀，战火如野火燎原般转眼遍及世界。这场日后被称为“第一次世界大战”的战争规模空前，撼动了全法国。玛丽安娜依旧在修道会深处，过着日夜向天主祈祷的生活；米歇尔则怀抱南瓜世界的虚无，目送同伴一一入伍，被卷入这场浩劫。劳尔喃喃地说：“我一定没办法活着回来。”尚则是吻着情人保证：“我会活着回来的！”两人双双踏上军旅。唯有米歇尔，因为不良于行而逃过征兵。读书俱乐部如今只剩米歇尔独自看顾，无论白昼夜晚，他躺在客人逐渐减少的“哲学福音南瓜”俱乐部里，抽着水烟，读着书。

靠着收音机，他对激烈的战况了如指掌。男人的身影逐渐自城内消失，俱乐部的客人清一色是学生模样的少女和退休老人。尽管客人和米歇尔都是一副世外之人的表情，仿佛不知外头的世界正发生战争，其实他们的内心莫不极度不安，只好每天静静地翻阅禁书，聊以自慰。

四年后，也就是一九一八年，大战终于落幕。红发劳尔失去了右臂，黑发蓝眼的尚失去了左眼，两人蹒跚归来。这时，离完成学业的玛丽安娜启程的季节也不远了。

这件事，米歇尔是自深夜来访的玛丽安娜嘴里听说的。这四年来，米歇尔身上只见虚无的影子加深，几乎没有改变。小妹妹玛丽安娜倒是长高许多，平静的灰眸更添静谧与智慧的光辉，长成了一位独当一面的修女。她一踏进俱乐部，懒散瘫坐的客人也不由得坐正身子。柜台内，一如战争前，单眼的尚与独臂的劳尔落寞地微笑着。

“哥哥，我预计在今年启程。”

玛丽安娜啜饮着浓缩咖啡，平静地说。

“在海的那一端，孩子们正等着我。我相信，我的使命就是把天主的爱传递给她们，教导她们走上正确的道路。”

米歇尔抽着水烟，喃喃地说：

“……可是，真的有天主吗？”

“哥哥！”

“唉，开玩笑的……祝福你，玛丽安娜，我的小鸟儿。”

独臂的劳尔灵巧地翻着书问道：“小修女，你究竟被派到哪个国家？”

“哎呀，我已经不小了。”玛丽安娜逗趣地笑着说，“我要到日本去，那是个非常遥远、在海的另一端的岛国。我要到日本去，向那些和过去的我一样年幼的孩子，传播天主的教诲。”

“可是，你到那么远的地方去，不就再也见不到米歇尔了吗？”

“……是呀。我再也见不到哥哥了，也许也见不到父亲和母亲了。一旦踏上旅程，可能再也无法回到法国。但是，成人之后，每个人都有他该走的路。那是条单行道，有去无回。任何事物都无法留住前行的我，无论是爱也好，恨也好，至亲也好，朋友也好，都无法阻止怀抱信念勇往直前的女人。”

米歇尔不发一语地注视着玛丽安娜。

这一晚，长大成人的玛丽安娜静静地微笑着，以听者无不深受感动的坚定语调诉说着。或许是颜色相同的关系，她那毫不动摇的坚定眼眸，与父亲相像得惊人。玛丽安娜向哥哥告别，走出俱乐部后，回头望了望那扇发黑的门。她想起十五岁第一次来到这家店时，曾因为畏惧店里的犯罪气息而却步不前的往事。米歇尔送她到店外。这一夜，他同样护送妹妹回到修道会，不过路程中他出奇沉默，临别之际，只在妹妹额上轻轻一吻，便迅速转身，仿佛在惧怕什么。

“哥哥。”

玛丽安娜小声唤道。米歇尔回头问：“什么事？”

“哥哥，嗯，你要和那个人结婚吗？”

“……大概吧。”

战前曾多次向米歇尔求婚的那个有钱女孩的事，玛丽安娜也略有所闻，而她也知道哥哥并不爱她。哥哥所在的那个虚无奇特的南瓜世界，像冰冷的水一寸又一寸升高。不是出于爱而是为了贪图逸乐，以自行赴死的脚步轻易迈入婚姻，玛丽安娜察觉到兄长盲目迷失、自暴自弃的心情。哥哥没有找到值得投注心力的事物，没有找到能够勇往直前的道路，徒然浪掷岁月。那本禁书中的虚无言论，不祥地动摇了玛丽安娜平静又丰饶如海的心。

“动物心中没有天主，唯有人类发明出天主这个道具，做出文明这个舞台。天主这个幻影只存在于人类的主观之中，不过就是以人的弱点创造出来的共同幻想。人类不能失去天主这个幻想，否则将无法自处。”

“福音之名亦可以死称之。与其痛苦地生，南瓜般的死更加甜美、永恒。而死，在死后仍会持续百年——”

光是回想起这些罪孽深重的字句，玛丽安娜便心生恐惧，但她什么都没说。米歇尔低声叫住妹妹，从怀里拿出一个东西，轻轻放在玛丽安娜冰冷的手心里。那是在许久许久以前的那一天，第一次造访读书俱乐部的玛丽安娜曾盯着看的那只玻璃香水瓶。这只香水瓶当时就装饰在隔壁香水店的橱窗里，年幼的玛丽安娜是因害怕它散发出来的罪恶气息才盯着看，米歇尔却误以为妹妹想要。买虽买了，但这是件不适合修女的礼物，因此他迟迟没有送出去。他把香水瓶交给妹妹。“这草莓香水，送你……”米歇尔低声说完便转身离去。玛丽安娜不知如何是好，伫立原地。暗红色的玻璃香水瓶，在她看来就像是哥哥身上的绝望的颜色。玛丽安娜踩着沉重的脚步爬上修道会的石阶，心里卷起几近于悲伤、懊悔与虚无的旋涡。

这对作风截然不同的兄妹，本应因妹妹的启程远扬而永别。但那年秋天，使他们俩的命运发生重大改变的事件发生了，就在玛丽安娜出发前的一个夜晚。

那一夜，清亮的月光打在修道会灰扑扑的建筑物上，星光也如撒落的满天宝石般灿烂。红发的劳尔站在建筑物后的土堤上，左手拾起小石头，不断朝窗子丢。他的右臂在战火中被炸断，如今只剩下空荡荡的袖子摆动着。

不知是第几次的挑战，他瞄准的窗户总算悄悄地打开了。玛丽安娜苍白的脸探了出来，诧异地四处张望，一看到单手猛挥的劳尔，便语带责备地问：“究竟有什么事？”

“米歇尔病倒了。已经一个星期了，他得了传染病。”

玛丽安娜吃惊得连连眨眼。简朴的房内只有一只粗陋的行李箱，是为三天后的启程整理好的行装。爱也罢，恨也罢，至亲也罢，朋友也罢，这个不会被任何事物阻挠、勇往直前的善良修女，在这个国家将不留下任何东西。玛丽安娜略加思索后，向修道会院长说明情由，并获得了许可，离开修道会去探视兄长。

在劳尔的带领下，她在夜色中狂奔，一路赶往米歇尔的住处。毫无装饰的木鞋每跑一步，便在石板路上发出闷击声。哥哥在蒙马特的公寓“蜂巢”，就像一个金碧辉煌的垃圾窝，舞娘、穷学生与落魄艺术家全挤在一起。每次与穿着暴露的舞娘在楼梯上擦身而过，玛丽安娜都会在胸前画十字，低声祷告。

“米歇尔不准我们告诉你。”

上楼时，劳尔不满地咕哝道。玛丽安娜默默点头。

“他说不要让你在出发之际为他担心……可是，我想你一定想知道的。”

“是的，当然。”玛丽安娜低声说，“哥哥真傻。”

“就是这里了。喂，尚……”

单薄的木门打开，发出不祥的“叽——”的声响。房间很小，书籍、酒瓶、女孩们送的精美礼物堆积如山，显得逸乐、凌乱。米歇尔睡在里面的床上，蜂蜜色的头发邋遢地散在枕头上。黑发的尚一脸疲惫地坐在床旁。

“医生怎么说？”

“可能是伤寒。可是这时候，每家医院都住满了战争的伤员……”

米歇尔因高烧而迷蒙的双眼，无神地望向妹妹。玛丽安娜的长发依然粗硬，垂落在腰际，散发着铁锈般暗淡的光辉。她的眼眸就像太古之湖般平静。玛丽安娜在枕边坐下，凑近凝视哥哥的脸，发烧得神志不清的米歇尔像孩子般不安地问：“……是爸爸？”那双酷似父亲的灰色眼眸，让他在迷糊之间看错了。“不是，是你的小妹妹。”玛丽安娜说。米歇尔以几乎无法听见的微弱声音呻吟着。米歇尔烧得神志不清，想说话也说不完全。如果可能，他很想对妹妹说：“别担心我，你就照计划勇往直前吧！”玛丽安娜双手握紧哥哥的手，脸上带着小时候那种认真的、像在忍耐什么的神情，一心向天主祷告。

“天主啊，请救救哥哥。哥哥的灵魂还在世上徘徊迷茫，请别在此时召唤他回天堂。哥哥的人生需要多花些时间才能寻得幸福，内心才能平安喜乐。哥哥也许是那种年轻时彷徨不定，临到老年才会悟道的人，他是可怜的迷途羔羊，还不能奉主宠召。天主啊，请救救哥哥。”

（——可是，真的有天主吗？）

米歇尔想笑，看着妹妹过分认真的脸蛋，在心中喃喃地说。

玛丽安娜念念有词地继续祷告："若您无论如何都要带走一人，那么我愿意献上我的生命。请让我来代替哥哥。请不要带走哥哥。我希望哥哥留在人世，请赐予这个可怜的人足够的时间找到您。"

米歇尔被妹妹紧握着手，陷入沉眠。

当他醒来时，朝阳自小小的落地窗洒落进来，鸟儿放声鸣叫。米歇尔发现天亮了，也注意到自己能出声了，喃喃说道："天亮了啊。"慢慢爬起身来。前一天还无法动弹的身子此刻轻盈得令人难以置信，头也不再觉得沉重了。

他一起身，枕畔的玛丽安娜身子突然无力地瘫倒。"玛丽安娜？"米歇尔低声叫唤，连忙扶住妹妹。紧接着，他倒抽一口气。一夜过去，妹妹的身子竟变得像石头一样又硬又冷。米歇尔颤抖地拨开妹妹的头发，察看她苍白的小脸，那向来绽放微光的眼眸已经僵直，嘴唇毫无血色，脸上没有任何表情，不见愤怒，不见哀伤，甚至失去了信仰的光辉，平静而空洞。米歇尔一把抱住她的身躯，颤抖的嘴唇贴在妹妹冰冷的额头上、鼻子上、嘴唇上。但他触及的每个地方都如人偶皮肤般干枯。妹妹死了。玛丽安娜聪慧的灵魂已经不在这里了，这具身躯不过是灵魂脱离之后的空壳。

而米歇尔的病，仿佛不曾发生过一般痊愈了。米歇尔瞪大了柔和的紫色眼眸，绝望地大喊："这不是真的……"

玛丽安娜的空壳仍坐在椅子上，有如损坏的人偶，铁锈色长发垂落在地上。

"怎么会这样？她应该好好地活着，该死的是一文不值的我啊！妹妹的梦想怎么办？她要去日本成立的教育机构怎么办呢？"

米歇尔抓扯着秀发，说个不停。他不死心地猛摇妹妹的身躯，但唯有铁锈光泽的发丝摇晃着，玛丽安娜冰冷干枯的躯体颓然无力，就像人偶。米歇尔拖着脚在房内踱步，抓扯着头发，喃喃自语。

"爸爸呢？他比谁都爱你啊！失去了你，他活得下去吗？他岂会原谅让你死去的我！"

米歇尔环视房内，小声呼唤妹妹的灵魂。他颤抖着走下公寓的楼梯，来到马路上，仰望天空继续呼唤。但无论米歇尔走到哪里，都找不到玛丽安娜了。夜里，她的灵魂已经毫不犹豫地笔直走入召唤她的天堂。

米歇尔后来被劳尔和尚拖回房里。米歇尔高烧已退，除了身体关节有些紧绷刺痛外，没有其他不适。

到了晚上，米歇尔请求失魂落魄的朋友，拜托他们一件事。

"请你们把妹妹当作我埋藏。"

“你说什么？把玛丽安娜当作你？”

“我们长得很像，只要闭上眼睛，遮住头发，别人应该看不出来。请你们就当死去的是我。要是知道妹妹死了，我父亲一定无法承受这个悲伤的打击。”

“你死了难道你父亲不难过吗？”

“……是啊。”

米歇尔语带讥讽，低声回应。他将玛丽安娜托付给朋友，自己则套上她的黑衣，冷冷地说：“这世上根本没有天主。要是有，怎么会发生这么残忍的事？我的小鸟儿。”

“米歇尔……”

“我妹妹就拜托你们了。我们就此告别。”

米歇尔低声说完，走出公寓。他的朋友都说不出话来，只能默默目送米歇尔离去。走在路上的米歇尔渐渐收起男人的大步伐，微微低下头，仿佛在隐忍什么似的缓慢行进，背影像极了玛丽安娜。他们的朋友，恶魔米歇尔，混杂在出租马车与行色匆匆的行人之间，化身为他的妹妹，转眼间便走得老远。

劳尔和尚为玛丽安娜换上男装，将头发藏在米歇尔喜爱的帽子里，悄悄把她葬在蒙马特山丘上的墓地。死去的玛丽安娜，长相确实惊人地酷似米歇尔。两个朋友俯视着棺木逐渐降下黑暗的墓穴，越来越搞不清楚死去的究竟是哥哥还是妹妹，但他们还是写了信，通知他们的父亲米歇尔死于传染病的消息。到了船出港的那一天，两人换乘出租马车前往港口。他们半信半疑地寻找玛丽安娜——米歇尔——的身影，只见一个全身黑衣，变身成玛丽安娜的人影如亡灵般悄然而立。修道会的人以为玛丽安娜是因为失去了兄长过度悲伤，容貌才变了样，对她寄予同情，毫不怀疑。两名好友将米歇尔的爱书《哲学福音南瓜书》递给玛丽安娜。玛丽安娜嘲讽地笑着收下这本以“天主，不存在。恶魔，亦不存在”开头的离经叛道的书。他转身背对修道会的人，像个轻佻的女人蹙着眉头叼起烟，点了火。淡淡地说：“……谢谢。”

“你真的……真的要去吗？一去就再也回不了巴黎喽。本来你日子过得轻松愉快，还差点就讨了一个有钱老婆。”

“我要去日本，去实现妹妹的梦想。”

玛丽安娜紫色的双眼蒙上阴影，摇摇头。

“失去了妹妹以后，世界真的就像南瓜一样变得空空如也。我要去，去走那条该死的正道……”

玛丽安娜在迟疑中上了船。在修道会的人目送下，船驶离了港口。单眼与独臂的两名俊美青年，只能怔怔望着以修女身份渡海前往异国的友人。

东洋小国日本战后与列强并驾齐驱，急速地现代化。天主教主教向大正天皇上呈教宗的亲笔信，各报的社论开始提倡天主教高等教育机构的必要性。新教各派的教育机构先行成立，同志社大学、青山学院、明治学院开了先河，天主教也随着圣摩尔教会、圣保罗教会、圣心教会的成立而开始扎根。

没见过欧洲女性的日本人，对于漂洋过海而来的修女玛丽安娜就女人而言过于高挑的身材、男性化的嗓音，并未质疑。他们的注意力全被她苗条的身形、金发、紫眼与做梦般的表情所吸引。这位修女比谁都美丽，光是站着便具有掳获人心的魅力，每个认识她的人都不由得为她效力。玛丽安娜积极展开活动，她先是担任贵族子女的家庭教师，参观了许多学校。后来因受俄国革命波及而流亡日本的外国人激增，她成立了外语学院，供外籍人士子女与返国日侨子女就读，并申请法人，一获准便四处奔走寻找校地，找到一位愿意出售山手地区大片土地的卖家后，立刻着手兴建校舍。一九一九年，女子高等教育机构“圣玛丽安娜女子中学”诞生。这时，除了法国，还有大批各国修道会派遣来的修女，她们成为玛丽安娜的得力助手，个个卖力工作。就像过去曾经梦想的，玛丽安娜终于找到了值得投入的目标，她全心全意工作，并获得了惊人的成绩。

四年后，学校遭受关东大地震的打击，大批学生、修女死伤惨重。玛丽安娜跛着脚，流着泪，在大火中的东京不知走动了多少天，一一拜访学生的家，确认她们平安无事。为了重建倒塌的宿舍，玛丽安娜艰辛地筹措资金，闪耀着蜂蜜光芒的金发提早开始花白。一九三九年，第二次世界大战爆发。部分修女归国，部分修女被拘留在日本的外国人集中营。玛丽安娜风闻巴黎也发生大火，七叶树小路被烧毁，读书俱乐部连同整幢拿破仑公寓也惨遭祝融。学校蒙上浓浓的战地色彩，在军方的指导下建立了武道馆。后来，只有玛丽安娜与几名修女守在学校，学生则集体疏散，部分校舍被挪用为工厂。战火延烧至全国。一九四五年，校舍与体育馆因东京大空袭全数烧毁。玛丽安娜再度徘徊在烧毁的废墟之中，但这次她没有流泪。

同年，日本战败。一九四七年，仿佛要拂拭浓厚的战败气氛，学院举办了第一届圣玛丽安娜节，并邀请邻近的居民参加，场面盛大热闹，烧毁的校舍也陆续重建。为了供学生进行社团活动使用，玛丽安娜仿造已不复存在的拿破仑公寓，修建了一幢红砖建筑。这一年，玛丽安娜被 GHQ（联合国总司令部）选为教育暨学校改革委员会顾问。“圣玛丽安娜女子中学”也引进战后的新学制，更名为“圣玛丽安娜学园”。一点一滴地，学园重拾活力，配合时代增建图书馆塔等建筑，并成立了同一体系的男校。曾几何时，圣玛丽安娜学园已成为公认的名门女校。草创时期就读的良家子女的子女入学了，另一方面，新兴势力商人的子女也踊跃接受入学考试。

在这期间，没有任何人发现这位凭着一双纤纤玉手将学园办得有声有色的苗条修女，其实并不是女人。少女们敬爱这位耀眼夺目的修女，早上摘花相赠，中午献唱赞美诗，晚上吟诗歌颂。在清一色女孩的学园里，玛丽安娜身边总有少女相伴，她们热烈地敬爱她、仰慕她。

一九五九年，竖立玛丽安娜铜像。

是年冬天，玛丽安娜消失。

事到如今，恐怕再也没有人知道真相。

将此事记录在社团记录簿的我，是一九六〇学年度读书俱乐部的高三生，依照俱乐部的传统不具名。未来看到这则记事的你，只需记得我的代号——雌雄同体的沟鼠。依沟鼠我个人所见，学园内知悉玛丽安娜的重大秘密者，恐怕只有这一年的读书俱乐部社员。这件离奇的修女失踪事件，只有我们知道真相，但我敢说，真相绝不可能留在学园的正史之中。因此，由我代表在此记载。

有一名老人，经由玛丽安娜介绍，于事发前一年受雇为清洁工。

他是个年迈的外国男子，驼背，跛脚，日复一日，默默打扫走廊与庭园。有时会看到他拜访玛丽安娜位于校地一隅的小房子，很多人猜想他应是玛丽安娜的老朋友。

老人喜爱阅读，放学后常出没在图书馆塔，与我等读书俱乐部的成员擦身而过。不久，他开始与我们谈论书籍。我等不会为玛丽安娜献花唱诗，但很喜爱老人，与老人相处融洽。老人说起过去读书俱乐部曾在巴黎风行一时的轶事，我等听得很愉快，因为那与我等在学园内所经营的边境乐园——读书俱乐部，有异曲同工之妙。想到在过去遥远的异国，像我们这样的人聚集在红砖建筑中的一室，升起冷僻孤独的狼烟，埋头阅读，岂不令人愉快。我们就像沟鼠，聚集在不见天日的昏暗之处，阅读，议论，不知不觉年华老去，腐朽凋零。啊！啊！这是多么愉悦，多么奢侈的事啊！老人对于往昔的读书俱乐部知之甚详，经常告诉我们俱乐部来了什么客人、看了什么书、发了什么议论。尤其是，是的，尤其是……我，雌雄同体的沟鼠，不可思议地与老人十分投契。放学后每次相遇，老人便偷懒不打扫，我也不去社团，两人窝在刚竖立起的巨大圣玛丽安娜像之下，再怎么聊也不厌倦。

我觉得老人长相有点眼熟，却怎么也想不出究竟像谁。就这样，某一天，撼动学园的大事发生了，也就是那起圣女玛丽安娜失踪事件。玛丽安娜究竟是遭人杀害，还是自行离开？多年来玛丽安娜始终过着高尚贞洁的生活，谁也想不出她遇害和失踪的理由。人们散播着各式各样的传闻，玛丽安娜简朴的房里没有留下任何线索，整件事始终是个谜团。在白雪覆盖的冬日学园里，她不留一个脚印，自小小的居处消失。留在那个家里的，就只有刚好来打扫烟囱的老清洁工，而他也摇头说不见异状。就在没有任何新发现的情况下，玛丽安娜的失踪渐渐遭人淡忘。翌年，一九六〇年，六月的圣玛丽安娜节开办第一届王子选拔赛，仿佛是要弥补玛丽安娜的缺席般，场面出奇热烈，但我等读书俱乐部依旧置身事外。

可想而知，玛丽安娜失踪当时，学园里根本没有人会去在意一个贫穷的老清洁工。但是，失踪事件一年后，就在我即将自高中毕业并升学至短期大学的时候，那天，在白雪尚未消融的学园一角，我照常与老人闲谈时，突然发现一件事！我知道老人长得像谁了！同一时间，老人露出促狭的笑容，以做梦般迷蒙的紫色瞳眸定定地回视我。那眼眸里，蕴含着温柔而寂寞的光，足以令观者为之着迷。我像只见光死的沟鼠，当下浑身打战——原来老人就是玛丽安娜啊！是那个长久以来以坦诚无欺的圣女身份君临学园的那名青年衰老后的身影！这一年来，他一人分饰清洁工与修女两角，然后某一天，再让修女消失。两人之间有许多共同点，诸如紫色的眼眸、走起路来跛着脚等，但一直没有人注意到这点。我的嘴唇颤抖得厉害，欣喜又哀伤地呼唤那个名字：玛——丽——安——娜。老人报以凄凉的微笑，然后告诉我发生在遥远的过去，一个名叫米歇尔的青年高潮迭起的一生。在距今四十年前，他在巴黎经营读书俱乐部的青春岁月，到第一次世界大战结束，妹妹惨死……

“天主，不存在。

恶魔，亦不存在。

诸君，世界有如南瓜，空空如也！”

“人心具有欲望，欲望生出爱，生出恨，生出时间，划出国界，生出占有，发明了自我轻贱，而最造孽的是，啊啊，生出了天主，生出了恶魔。”

老人从怀里拿出了一本古老发黑的书给我看。尽管看不懂古法文，但我知道那就是革命前在法国如污水般于地下流通的那本禁书。“……世界还是空的吗？”我问玛丽安娜。玛丽安娜笑了，回说：“你说呢？”那是永恒的追求者，绝不满足于纯白的幸福和甜美的不幸，不断在这个世界燃起冰冷狼烟的虚无青年，在年华逝去后的美丽笑容。

老人的书里夹着他母亲寄来的旧信。在给远渡他乡的女儿玛丽安娜的信上，写着父亲得知儿子米歇尔的死讯时崩溃大哭，还提到其实父亲比谁都要深爱米歇尔。

这封信不知读过多少次了，已经残破不堪。另一封信的日期是十多年后，信中告知玛丽安娜父亲去世的消息，信纸上有着小小的泪痕。世界依旧是空的吗？世界一直是空的吗？青年米歇尔的心没有平静的一天吗？天主真的存在吗？我心中掀起疑问的旋涡，哀伤地凝视老人如今仍像做梦的青年般清澈的紫色眼眸，以及尽管被老态纵横的皱纹与斑点覆盖但仍旧美丽万分的苍白侧脸。

“这座铜像，”老人指向圣玛丽安娜像，好似太刺眼般眯起眼睛，“不是我，是我妹妹。有着铁锈色的头发和阴天般的灰色眼珠，比我聪明正直，却年纪轻轻便死去的妹妹的塑像。”

“好大啊。”

“……是啊。我亲爱的小鸟儿，已经大得足以遮蔽天空了。”

老人说完这句话，缓缓站起身来。

“为了实现妹妹的梦想，我一路在那该死的正道上奔跑，但也许这条路，其实就像我本人，是条蜿蜒崎岖的可怕道路。不知我们是否实现了她所梦想的未来愿景……若是心中无法获得平静，找不到天主那个家伙，我们或许仍是地上的迷途羔羊。”正当我穷于回答时，一个穿着奶油色制服、看似附属小学低年级生的少女跑过草地，在我们面前狠狠跌了一跤。那是个额头亮光光地隆起、体格结实肥硕的孩子。

老人抱起孩子，温柔地替她拍掉膝上的尘土。孩子有礼貌地道谢。孩子跑走后，老人回头对我说：

“我该向你们告别了。”

“……为什么？”

“我本来打算，要是没有人发现，我就以男人的身份待在学园，直到死去。但是既然被你发现，那就太危险了。我已经老了，要是以修女的身份死在这里，一旦被脱光，一定会把大家吓坏的。所以，我只好以那种神秘的方式消失。”

“早知道，就不让你知道我发现了。多想一直待在这里和你谈天，享受这做梦般的时刻。虽然我们年龄、性别甚至国籍都不同……差点就能成为独一无二的知己。”

“……”

“你要到哪里去？”

“我也不知道。回巴黎也好，就这样在日本流浪也好。也许今后也会悄悄地躲在你们身边也不一定。也许我根本离不开学园。那个吉卜赛人预言的百年后的事，令我有些在意，虽然明知我活不到二〇一九年……”

“玛丽安娜……”

老人从怀里取出暗红色的玻璃瓶，送给我作为友情的见证。就是在遥远的过去，他送给玛丽安娜的那瓶装满绝望的草莓香水。而他自己则将那本旧书夹在肋下，跛着脚迈开脚步，不带任何行李，一头已褪成银白色的头发迎着风，如同来时一般，又突然自学园消失。带着名为虚无的自由，那长久以来兄妹两人相依为命的背影，在褪去女人这件黑衣之后，尽管年老，却如青年般修长，充满了朝气。我打从心底感到茫然，回到读书俱乐部的社团教室，深深地叹了一口气。同伴们从书里抬起头来问我怎么了，我便简短交代了刚才的经过。一时间，众人就像喝多了苦艾酒而迷醉一般，沉浸在过往的幻影当中。这时，一名高二生发表了独到的见解，曰，玛丽安娜并非扮成女装的男子，其实清洁工才是扮成男装的修女。往昔，在第一次世界大战刚结束的巴黎，猝死于传染病的不是玛丽安娜，而是她所爱的窝囊哥哥其人。失去哥哥而发狂的修女，得到米歇尔的人格，结果经过四十年的岁月，终于被米歇尔的人格所取代。她原本便是“像儿子的女儿”，是美丽的软弱哥哥的人格，是哥德蒙之于那齐士[1]，戴米安之于辛克莱尔[2]……我陷

1. 出自赫塞·赫曼的《知识与爱情》。——译注
2. 出自赫塞·赫曼的《彷徨少年时》。——译注

入沉思，凝神注视窗外，但老人的身影早已消失无踪。学妹越说越激动，坚称玛丽安娜绝对是女人，否则少女不可能如此敬爱她。但我还记得，我确实看见了！老人褪去黑衣的枯瘦脖子上，有着象征男性标记的可怕的硕大喉结，每当他发出干涩的声音，喉结便英姿勃勃地滚动。他是男人，他是男人。是的，玛丽安娜其实是个男人！

我们的议论还没有结束，窗外的天色已经黑了。我把红色香水瓶收进桌子的抽屉，上了锁，长长叹了一口气。我少数尊敬的人，也就是读书俱乐部的社长，命我执笔撰写读书俱乐部的社团记录簿，好留下这段珍贵的历史。我一拍膝头，正该如此。为了将老人的话记录下来，此刻我望着窗外逐渐转暗的景色，独自待在社团教室里，坐在破书桌前。以上的内容，便是我自一个喜爱阅读的神秘老人——一个长相酷似失踪修女的清洁工那里听来的离奇故事的全貌。虽真伪不明，但不失为去年底撼动学园的圣女玛丽安娜失踪事件的一个解答，也是圣玛丽安娜学园地下历史的一部分。

但是，诸君，世界真的是空的吗？

米歇尔的南瓜世界里，或许打从开始便盈满了源自爱的纯白光辉。我无法不这么认为。这么想的我，是太天真了吗？那我长大之后，会以什么样的心情回想起他的空虚物语呢？诸君，世界真的是空的吗？真的是空的吗？

一九六〇年度　读书俱乐部社团记录簿

主笔：雌雄同体的沟鼠

第三章 奇妙的旅人

美即丑，丑即美。

穿云越雾破尘飞。

威廉·莎士比亚 著

《麦克白》

二十世纪八十年代后期，封闭的少女乐园——圣玛丽安娜学园受到将外界搞得天翻地覆的金色之风的突袭。这件事是桩并未记录于正史的黑暗奇案，因为在这起不名誉的事件中受害最深的，是学园的中枢——学生会众人。这些人恐怕会将发生之事加以隐瞒，由于这起事件与我等不无关联，读书俱乐部特此记录。

一九八九年的秋天，我等收容了三名流亡人士。

长久以来，圣玛丽安娜学园学生会被称为“西方官邸”，唯有被选中的人才能获准进入这个圣域。学生会位于旧校舍庄严的黑砖建筑的五楼，不知从何时起，四楼通往五楼的昏暗楼梯一带，开始有学生会的高一生站岗，一般学生甚至无法靠近。有“东方宫殿”之称的戏剧社则占据了古色古香的木造体育馆，社员身穿礼服，天天热衷于发声和舞蹈的练习。屯驻于粉红色水泥新校舍一隅的则是新闻社，号称“北方文化流氓”。顺带一提，在杂木林的深处，有一幢圣女玛丽安娜仿拿破仑公寓兴建、如今已沦为废墟的奇特红砖建筑。记得盘踞其中的读书俱乐部，似乎在背地被说成是“南方怪人”，不过记忆并不足以相信。总而言之，西方官邸是学园的统治者，就连历任“王子”——绝大多数都诞生于戏剧社，但偶尔有些年度曾由网球社、篮球社、声乐社出任，听说桌球社也出过绝无仅有的一个王子——也绝对不敢忤逆学生会，毕竟与学生会和平共存，可以说是稳定青年权力，度过多彩多姿的贵族学园生活的快捷方式。

学生会的少女多数是现任政治家的千金，不然就是知名政治家的孙女；另外还有不少生着一张柔美瓜子脸的贵族后裔，这些人称贵族院，握有实权。一旦有事发生，继承政治家血统的少女便会聚集在学生会教室一角协商，再向贵族们提出处置方案。在这里，选举的概念不存在，血统便是权力的保证。这是自古以来的传统，无论外面的世界如何改变，学园以及学园中枢所在的学生会从不曾动摇，直到一九八九年春天，新兴势力分子来敲门为止。

“旧校舍那边吵吵闹闹的，一定是学生会。”

脑袋探出窗口喃喃低语的，是高一生长谷部时雨。南方怪人，意即读书俱乐部，这一天也远离学园的喧嚣，可用偏执来形容的寂静主掌了整间社团教室。社员使用历代学姊传承下来的古董茶杯啜饮红茶，啃薄片饼干，静心阅读。尘埃遍布的社团教室里，不知是谁留下的诡异马口铁人偶堆积如山，太鼓、海螺号角、狸猫和虾夷鹿的标本等废弃物四处散落在地板和走廊上。这一年社员人数非常多，将近三十人。姿容样貌各异、身穿奶油色制服的少女将满是尘埃的旧教室挤得水泄不通。有爱打扮的，不爱打扮的。有长头发的，短发的。因为座位不够，就连书桌和窗框上也坐满了人，还有人靠墙而立，有人索性拿旧礼服代替坐垫坐在走廊上。

婴儿潮的余波，使得学园的学生人数增加。此外，受到外界的泡沫景气影响，华丽的气氛逐渐在学生之间蔓延，一些受不了绚丽的新风潮的文静少女，纷纷逃入这边境之地。高一生长谷部时雨仿效演员父亲，一头短发梳成飞机头，修长的双腿学男人盘坐，举止很男孩子气。她与这年春天当上社长的高二生高岛清子是好友。

清子与时雨截然不同，她个性内向，但与外表极不搭调的是，她的乳房硕大非比寻常，以强烈的女性特质压倒了其他少女。至于其他社员，圆胖如中年大叔者有之，外交官的私生女有之，铁锈色头发、灰眼睛的混血儿有之，来自道顿堀操关西腔者有之。社团教室里不可思议地充满了旧时代的氛围，仿佛过去曾在社团记录簿上出场的少女为了重新登上舞台，跨越时空回来似的。每过完一个学年，社友人数便随之增加，为重演过去而来的少女越来越多。她们与过去的学姊是如此相似，让人忍不住怀疑，今年的大家族是为此目的成立的。然而，即便如此，她们并不打算图谋不轨，每天乖乖看书喝茶。

“旧校舍很吵？……管她们呢。”

有人简短响应了探出窗外的时雨。时雨回头看教室，眼前少女个个埋头读书，也不知回应的人是谁。时雨精力充沛，好奇心旺盛，对于杂木森林后头、掌管中央政坛的西方官邸从刚才起便吵吵嚷嚷，感到十分好奇。

“会不会是出事了啊？”

抬头回答的是高岛清子。她将沉重的乳房搁在书桌上，托着腮阅读一本法文旧诗集。她拉着两条辫子说：

“不要把头探出去，会被发现的。”

“发现？被谁？”

“西方官邸。我们能自由行事，都是因为这阵子学生会忘了我们的存在。不过，今年人数这么多，不安静一点，要是被发现，一定会被判定为危险分子、反社会分子，到时可就完了。”

“噢噢，好可怕。那我还是把头缩回来吧。”

时雨笑着关上窗户，盘起一双长腿，边梳头边说：

“学生会似乎发生了叛变，我才这么好奇。”

“什么？有叛变？怎么不早讲！到底是怎么回事？”

少女们立刻扔下书，挤到窗边，发现新校舍的学生也挤在窗口，仰望旧校舍五楼。操场上的垒球社、女子足球社，网球场上的网球社也不约而同地抬头看着同一方位。体育馆里，身穿各式戏服、连舞台妆也一应俱全的戏剧社社员发着抖围成一圈，将去年选出的高三王子围在中央。

“瞧！”

正好在这时候，“哐啷”一声，旧校舍五楼窗户传来玻璃破裂声。只见系着新闻社臂章的“文化流氓”手持记事本跑过草地，还有人穿着制服就爬上高大的银杏树，拿着尼康相机，以勉强的姿势按下数次快门。时雨认出那人是自己的朋友，低声哀号：“喂，很危险啦……”一阵风吹过，掀起那人的裙子，但这位被特定人士敬奉为“圣玛丽安娜学园新闻社王牌”的摄影师宛如化身少女的罗伯特·卡帕[1]，无所畏惧地猛按快门。“可笑的内裤全被看光了。怎么会穿那种图案的内裤啊！身为她的朋友，我得劝劝她……”在清一色女孩的少女乐园里，没人会对内裤外露大惊小怪。时雨食指抵着太阳穴，是为友人身穿熊猫图案的可笑内裤烦恼。

“时雨，你说的叛变是怎么回事？”

“哦，那个啊。今年的圣玛丽安娜节就快到了，可是从春天起，学生会就分裂为两派，这星期一直在吵要由哪一方主办。”

时雨把自友人“少女卡帕”听来的内部消息，告诉了社团的同伴。

1. Robert Capa，1913-1954，匈牙利裔美籍摄影记者，二十世纪最著名的战地摄影记者之一。——译注长久以来以贵族院一党独大的形式营运的学生会，在今年春天发生了异变。突如其来降临到外面世界的泡沫景气，如异色洪水将全新类型的学生送进学园，也就是“扇子女孩”。几年前如爆炸般突然发迹的新兴暴发户的女儿，一个接一个进入原来由贵族名家千金、大企业高官子女、知名学者子女等聚集的学园。扇子女孩几乎都是从初中部或高中部才入学，大学也多半选择就读外部的学校，由于在学园里只停留短短三年或六年，被视为“奇妙的旅人”。她们的外表与少女乐园格格不入，头发留长染色，刘海吹弯，就连清纯的奶油色制服也加以变造，改紧腰身，加上垫肩；鞋子也不是平底学生鞋，而偏好有跟的漆皮皮鞋。即使因违反校规被修女追着跑，也不当一回事。朝会上赞美诗从不用心唱，总是对口型应付。也就是说，她们是畸形儿。照理说，她们本应悄悄待在边疆，带着一颗受伤的心毕业的，但时代之风吹向了这些奇妙的旅人，短短呼啸一阵。外面的世界这时挥舞起写着“利库路特”[1]的革命旗帜，单打独斗的自民党结束了一党独大政权，德国的柏林围墙也岌岌可危。过去曾坚信永远不变的概念被一一推翻，通过电视报道出来。这世界会变？不会变？泡沫经济的私生

1. 利库路特案，日本战后最大的贿赂案。一九八九年利库路特集团前董事长江副浩正涉嫌贿赂有影响力的政治家及新闻界。此事件导致当时执政的竹下内阁总辞，日本政局动荡。——译注

子，手持红、黄、紫扇子的扇子女孩在学园走廊上昂首阔步，在学生餐厅里高声喧闹，过去对贵族绝对服从的平民学生，渐渐开始模仿她们。将制服改紧，将刘海弯弯吹起，书包里暗藏着取代护身符的扇子。就这样——据时雨从“少女卡帕”那儿打听到的消息——春天的某一天，扇子女孩的三名代表带着入会申请书，造访了学生会。

“听说新闻社赶到时，旧校舍四楼和五楼之间的楼梯上已经展开了一场大乱斗。学生会的那些高一生为了阻挡她们，使出擅长的日本拳法，没想到竟遭到这三人的扇子攻击，一一被打倒，结果不小心让她们成功入侵。学生会不得不收下申请书，让她们入会。贵族院众人原以为只要视而不见就行了，谁知这三人死不认输，拼命吵着要提案。一下子说要废除弥撒，一下子说要拆除圣玛丽安娜的铜像、禁止偶像崇拜，还说要把餐厅改建成大型迪斯科舞厅，说要挂起镜球……”

“迪斯科舞厅？为什么？”

“一定是想改变世界吧，就像她们的父亲一样——这是我朋友卡帕的说法。可是……啊！”

窗外又传来巨声，读书俱乐部的社员探身出去。尼康相机的快门声如枪声般连珠响起。“噢噢！她们把贵族院赶出来了……”“真有一套。啊，是镜球！”“不得了，她们在一步步执行学生会六本木化改造计划……”“我听到电音舞曲了，有人在挥扇子，这是怎么回事啊……”一个社员擦着眼镜呻吟般地说。平民学生大声欢呼，抛下社团活动，聚集在旧校舍，身上穿着清纯的制服，脚上是白袜子和学生鞋，配合着大肆播放的电音舞曲跳起舞来。她们从书包里拿出怪诞的颜色鲜艳的扇子，或红或绿或紫，在春日的学园乱舞，就连穿网球装的、穿体操服的，也一同跳了起来。圣玛丽安娜铜像仿佛害怕被拆除的命运，在春风里咔嗒咔嗒地摇晃，宛如即将被年轻的革命政府推翻的独裁者铜像。露出永恒暧昧微笑的圣女媲美大佛规模的铜像，已如风中残烛。

“这是春日的风波。”

时雨担忧地低声说着，喝了一口凉掉的红茶。清子抬起头来，以冷淡的语气叮咛：

“六月的圣玛丽安娜节，八成会惹出更大的风波。你们千万不要做出什么引人注目的事。”

“我知道。”

时雨点点头。

“……不过，我倒是不讨厌那些为了恶搞而参与政治的人。”

她低声这么说完，窗外传来一阵格外响亮的欢呼声，连社团教室的墙壁都为之颤动。

春日风波狂风般横扫圣玛丽安娜学园。如今，学生依出身渐渐分为两派。在餐厅里、教室里、走廊下暗藏扇子、制服贴身的革命派，与故态依然的贵族派尴尬地互相别过脸，也不交谈。

放学后的社团活动也一样，同一社团分裂为二，纷争愈演愈烈。倒是南方怪人，即读书俱乐部，与这场争闹一概无涉，简直到了出奇的地步。她们与中央保持一定距离，屏息静观情势变化。这是社长高岛清子的决定，社员们默默遵从行事慎重的清子的计划，唯有一人，长谷部时雨，她耸耸肩，开玩笑抱怨："清子，你太胆小了。"然后一派悠闲地梳起头来。

圣玛丽安娜节前夕，学园更加扰攘不安。在电音舞曲震天响、人数持续攀升的扇子女孩的疯狂乱舞中，这一年的王子选拔揭开了风波的序幕。那三名不唱赞美诗、占据学生会、为改变世界不断提案的扇子女孩之中，有一人报名竞选王子。由于服饰特征太过引人注目，一开始旁人无法分辨三人，便以扇子的颜色绿、紫、桃来区分。而两名高二生之中，紫扇女孩外表尤佳，具有冰山美人的气质。后来她获得平民学生支持，以些微差距击败了今年呼声最高的戏剧社高二生。贵族们还在震惊不已，挥舞紫扇、身穿改造制服的美少女已经登上王子宝座，在平民的欢呼声与毫不停歇的电音舞曲中跃上舞台，跳起胜利的啪啦啪啦舞。其余两人，二年级的挥舞绿扇子、一年级的挥舞桃色扇子一同狂舞，体育馆陷入疯狂状态。身穿高雅套装的校友来宾一个个像戴上了能剧面具，面无表情地看着这一幕。虽有若干爱起哄的来宾受到年轻人的感染，忍不住也跳起舞来，但绝大多数的校友都是蹙着眉快步离开。

“各位同学，现在难道不是改革学园的好时机吗？！拆除铜像，禁止偶像崇拜，还有最重要的，王子我要提案的是，学生会选举！我们应该亲自选出代表我们的政治家！那种只有特权阶级之子才能掌管政治的烂社会，我们立刻合力破坏掉！”

尽管声音几乎被电音舞曲所掩盖，王子仍挺胸疾呼。平民们边跳舞边点头附和。在体育馆外观望的时雨，戳戳清子：

“你觉得呢？”

“一定会被抹杀吧。顶多十天，不，她们能活上十天就是奇迹了……喂，你可要小心，别去蹚浑水。”

“……我知道啦，清子。哦，卡帕很拼嘛。”

这一天，尼康的快门声也如枪响般连声爆开。

次日起，激烈的选战立即展开。当上王子的紫扇女孩，带着不断增殖的扇子女孩，有如奇特的花魁队伍，在校内展开华丽的游行，一路高喊代表我们的王子才是适合主掌西方官邸的正主。至于学生会的状况，由于即将引退的高三生不足倚靠，剩下的高一生与高二生长吁短叹，一筹莫展。为了抢回学生会教室，她们试图爬上五楼，结果被几个挥舞着扇子的女孩踢下楼，跌了好几个跟斗。贵族出身的学生家里开始受到地价高涨连累，为支付高额税金焦头烂额；政治家的子女也受到时代意外的打击，她们身为执政党议员的父亲受到利库路特案的余波牵连下台。不过那些少女模样的政治家并不屈服，摇摇晃晃地站起身来，决定请出传家宝刀。她们在当周便与校友组成的“银杏之友会”取得联络。另一方面，事后得知，其实她们的一举一动早已遭紧贴在墙上的纸杯窃听，被少女记者即新闻社掌握。北方文化流氓平素虽然恶质，经常以八卦报道作为卖点，但在政治动荡的这个时节，她们拿出仅有的自尊，坚守新闻的自由与中立。因此，学生会暗中活动的消息，并未传入占领学生会、在校内游行的扇子王子耳中。

学生会的校友听到学妹的哀号，立刻动员起来。如今已成为政治家之妻、企业家夫人、警察高干的她们，个个光鲜亮丽、自信又高雅。她们温柔地鼓励伤重如破布的学妹，不惜重金聘请大量侦探跟踪扇子女孩，拍下目标在六本木街头狂舞的照片，还将王子依偎在垫肩同样显眼、满身金光的泡沫男子身边举止失仪的照片，送到新闻社。但少女卡帕拒绝刊登外部提供的照片，她说：“这些照片里没有思想，没有爱，没有射击般的精准！”说完大力踩毁照片。学生会的人着了慌，索性自行大量印刷，趁某天早上自屋顶撒下。新闻社高喊报道的自由与中立，将学生会的地下行动与王子的狂放夜生活，都制作成号外新闻贩卖。于是学园再度分成两派，一派鄙视王子，一派支持王子，认为夜游也是改变世界的一种冒险。两派乱成一团，银色的镜球反射诡异的光线，剧烈转动着。然而，选举当天，王子不见踪影。若王子现身，也许会当选学生会长。但是前一天晚上，扇子女孩带头的三人——绿、紫与桃色都在六本木遭到警方辅导。这恐怕是“银杏之友会”在暗中策划的。

选举当天早上，支持者苦苦等候，扇子女孩却没有现身。支持者不安，叹息，终于，这些情绪转化为愤怒：我们如此相信你，如此对你寄予厚望，为何背叛我们？待修女宣布她们前一晚在街上遭到警方辅导，并被处以停学处分，愤怒的大众纷纷来到学生会教室，拆掉镜球，扔掉装饰在窗上的鲜艳羽毛，破坏舞台。因为期待落空，满腔热血无可发泄，立刻化为怒气爆发。各色扇子从窗口扔了出去，有如成百上千只天堂鸟绝望地跳楼，轻飘飘飞过圣玛丽安娜铜像，凄惨地落在草地上。

不知不觉，夏天的脚步已经来到。尽管阳光炽热，学园却被奇异的沉静包围，冰冷得好似泡在水里。

就这样，暑假到了，狂乱与激动在这期间被遗忘了。学生会恢复了秩序，决定在秋天运动会重新举办王子选拔。改造过的学生制服也在转眼间便恢复原状。唯有扇子女孩不知情。她们过完漫长的暑假回到学园，无法理解为何再也没有学生和她们说话。她们作风虽强势，却不知如何与逆境相抗，年轻莽撞的三个人孤零零的，在荒野般的学园里落了单。学生会教室早已拆除镜球，摆出结实的旧桌椅与书架，恢复原本晦暗的风格；几个戴着眼镜、头发黑直的少女坐在桌前，忙着处理学园的事务。楼梯口再度被封锁。扇子女孩垂头丧气地下了楼，在学园中徘徊，寻找其他的落脚处。一走近体育馆，身穿礼服的戏剧社众人走出来，以莎士比亚悲剧的台词，以不自量力执着于王位的愚人作为比喻，愚弄落魄的三人。“何时三人再相聚？打雷、闪电、下大雨？”“静待纷争吵闹停，静待战火分输赢。”“莫如日落西山前。”“然则如何择地点？”“何妨就在那荒原。”“蛤蟆叫。”“咚咚！咚咚！麦克白驾到。”众人齐声取笑，三人像被追赶的愚人逃之夭夭。操场上，足球、垒球、网球纷沓而来，挨打的三人疼得尖叫撤退。声乐社的以女高音唱着歌，背对她们全力狂奔。羽毛球社的则是以球拍攻击。人数众多的管乐社则一面演奏，一面在贝多芬的交响乐伴奏下以惊人声势远离。一天又一天，可怜的旅人在冷漠又广阔的学园内徘徊，向西……向东……向北……最后，她们来到了南边……穿过杂木林，好似生怕追兵，好似放不下过去的荣光，她们回头，再回头，来到了怪人群集的废墟——老旧的红砖建筑。旧地球仪、阳台布景、蒙尘的礼服与坏损的椅子，在这幢遭奢靡的破铜烂铁掩埋的建筑中，她们一步一步往上爬，来到暗红色的门前。

“不准开门。”

社长高岛清子如此下令，声音里透露了平日少见的不安。原本翻着书页、喝着红茶的社员莫不静静抬头望着门。在清子的命令下，近三十名的社员这几天都不到走廊上了，全挤在客满电车般的狭小社团教室，关上门，不发出一点声息，希望就此度过政变的季节。

敲门声持续着。读书俱乐部的众人不发一语望着门，仿佛门外站的是亡灵。有人甚至发着抖。

一直敲个不停。

敲门声一度停下，然后徘徊来去的脚步声传来，来人再度敲门。这次持续了五分钟之久。在窗边的长谷部时雨一直忧郁地托着腮，这时低声吟咏《麦克白》剧中的一段台词：“美即丑，丑即美。穿云越雾破尘飞。”没有人接口。时雨站起身来，椅子发出巨声。她迈开大步朝门口走去，然后握住门把，说：

“清子，我要开门了。”

“……不行。”

“看到被秽气所困的人，你能见死不救吗？我不会因为她们曾经追求权力，就认为她们是坏人，认为她们愚蠢。帮助她们吧！”

“时雨，这就是你的缺点。你马上会尝到苦头的。”

“没关系……我虽讨厌催泪洒狗血的情节，但同情并不是堕落。”

时雨猛地将门打开。落魄的扇子女孩吃惊地抬头看她。尽管在落难中，这三人却仍自以为是王子与侍从，态度傲慢地瞪了时雨一眼。三人将长发染成咖啡色，刘海弯弯卷起，制服仍旧是改造过的模样。至于时雨，则是梳着飞机头，穿着中规中矩的制服，一双招牌长腿，有如少年一般。双方正好是两个极端。

“进来吧，请你们喝红茶。”

“我们累了。”

王子代表发言。挑衅的声音带着好强的意味。

“我们想坐着休息。”

“喂，把椅子让给客人。我们坐地板就好了。”

社员一齐回头仰望清子。清子先是与时雨互瞪了好一会儿，然后认输般调开视线，转而看向那三个脸色苍白的奇妙客人，轻轻叹了一口气。

“好吧。喂，准备三张椅子，还有热红茶……时雨真是滥好人，从幼儿园起就一直没变。”

“不用你管。”

“我不是怪你。你就是因为人好，朋友才多。好了，请客人坐下后，就看自己的书。我已经受够了吵闹，也受够憋声憋气过日子了。”

清子背对三人，又开始读书。同伴们有样学样，不再注意被请进门的客人。窗外那排银杏树剧烈地摇晃不停，尼康相机对准找到临时落脚处的扇子女孩——失去宝座的王子与侍从——拍个不停，快门声连连爆发。一想到明天新闻社会刊出南方怪人收留流亡人士的报道，高岛清子就心情沉重，但看到时雨松了一口气的温柔侧脸，她实在无法抱怨。至于关键的三人早已身心俱疲，完全没发现落魄的模样被拍得一清二楚，依偎在一起睡着了。她们不仅没能改变世界，最后反而连落脚之处都失去了。怀着孤独的粉红少女心，三人在梦中悲切而激情地继续跳着啪啦啪啦舞。

这件事之后，边境获得一段短暂的宁静。教室里只听得到翻书声、茶杯碰撞的铿锵声响、少女娇弱的清嗓声。流亡人士的传闻传遍了学园，校内报纸也大肆报道，却不见西方官邸的人找上门来。

“恐怕是不知该如何处置吧。”清子对同伴说，“或许是内部意见不合。不等贵族院做出决定，她们是不敢采取行动的。”

毫不理会忧心忡忡的读书俱乐部，那些扇子女孩客人近来很不高兴，每天放学都板着一张脸过来，不是踢开地上的马口铁人偶，就是抱怨只有书本和清淡的红茶，烦闷无味。但时雨不予理会。不过持桃色扇子的高一生倒还算客气，她找出扫把帮忙清扫室内，却被时雨凶巴巴地制止了。

“你住手。”

“住手？我不能打扫吗？为什么？”

“这不是客人该做的事。”

“……可是我不喜欢待在这么脏的地方，那时雨学姊你来扫。”

“我讨厌打扫。”

时雨别过头去，又读起自己的书。扇子女孩没事好做，索性在教室一角打蛋白、筛面粉、量砂糖，做起点心来。社员忍不住要对这股甜味提出抗议，但看在对方是客人的分儿上忍耐下来。

接着，她们带来小小的镜球，挂在天花板上，自行哼唱音乐，开始练习啪啦啪啦舞。对此，社员们也宽容以待，认为“反正这是幢垃圾屋，也不差那一两个镜球”，没人口出怨言。

就在社员习惯了客人的举动，客人也习惯了窘迫的流亡生活，双方摩擦减少的时候，负责从窗户侦察外面动静的社员平静地宣告危机将至。一抬头，发现少女卡帕已然攀爬在矗立于窗外的大银杏树上，镜头朝向社团教室架好尼康相机。时雨等人知道有事要发生了。还不知不觉的，就只有优哉的流亡人士了，只见她们照样小声哼着音乐，跳着奇怪的舞步，看到杂物中有海螺号角，拿起来就吹，然后一同放声大笑，丝毫没有一点危机意识。

读书俱乐部的成员朝窗外一看，只见学生会那群戴臂章的眼镜少女，行军般排成纵队穿过杂木林走来。时雨紧张得咽下一口唾沫。社长清子倒是冷静如常，她将大得出奇的乳房搁在窗台上，神经质地拉扯着两根麻花辫，拍了拍脸色凝重的时雨肩头。

“放心，一切包在妈妈身上。”

“谁是妈妈啊！……清子，真抱歉。”

时雨的声音小得几乎听不见。

“道什么歉呢。正义感这种东西，就是会给人添麻烦。然而，即使如此，正因为如此，往往是对的。”

时雨将梳子插进飞机头，梳理着背过身去，多半是自觉无颜面对清子吧。同一时间，官员们爬上红砖建筑的老旧楼梯，沙、沙、沙、沙、沙……发出整齐规律的脚步声。读书俱乐部惴惴不安，众人假装看书，耳朵却像胆小的猫儿般竖起来，拿着古董茶杯的手微微颤抖。唯有流亡三人组依旧不知不觉，一人像拿着香蕉的猴子，兴致勃勃地打量海螺号角；一人跳舞跳得兴起，一颗头甩得如舞狮；一人为了更动镜球位置，爬上书架，手够得老长……一个比一个优哉。

敲门声传来。所有人肩膀都微微一震。时雨将梳子收进口袋，准备去应门。清子制止了她，独自走过去，打开门。

学生会的人面带笑容站在门口。看到那些笑脸，清子额上冒出汗水。

“你好。”

“哦，你们好。要进来吗？虽然没有像样的椅子。”

“在这里就行了。”

学生会一行人脸上虽挂着微笑，但每个人的嘴唇都不快地噘着，神情好似在说，竟然来到这种低下污秽的地方！但清子丝毫不为所动。

“听说几个曾是我们社员的怪人逃到这里来，因为其他社团都拒绝让她们入社。”

“有人敲门，我们就开门了，就像现在这样。我们虽是边境小民，却并非不懂礼仪的化外之民。我们不会赶走客人，如此而已。”

“……如果你们愿意交人，那就太好了。不过说来失礼，我们竟然一直把读书俱乐部给忘了。原来在边境竟有这么一个人数众多的社团啊，知道时我们可是吃了一惊呢。亏你们能够如此悄无声息。”

“我们没别的事做，就只是看看书，聊聊天而已，自然安静。”

“……原来如此。”

学生会众人眼镜后的瞳仁冷冷地注视清子，一时间，读书俱乐部为骇人的寂静空气笼罩。清子开口了：

“各位，我们确实是替流亡人士开了门。但社团属于治外法权，我就说到这里。我等读书俱乐部不过就是让偶然造访的人进屋罢了。诚如各位所见，我们只是爱看书的老实人，换句话说，是对政治不感兴趣的弱小集团，当然也没有作怪的打算。”

“嗯。”

“至于那几位客人，我想她们不会再挥舞革命旗帜了。运动会就近在眼前，等补选王子之后，这里也没有王子了。时间过去，这里不再有少女切·格瓦拉[1]，在社团教室里的，只有我们，和她们三人。我们是无力的无名小卒，绝不会对世上造成任何威胁。”

学生会众人面面相觑，然后同时瞧不起人地哼了一声，以食指戳弄清子的肩膀。

“我明白了。就放你们这些无力的无名小卒一马吧！但是，这位社长，我倒是没想到你会自贬为对政治不感兴趣的弱小集团，难道你没有自尊吗？”

“你说什么？！”

一直在后面听的时雨，抡起拳头想揍人。在清子的示意下，社员上前架住时雨。

而这段对话过程中，扇子女孩依然不知不觉，不是跳舞，就是观察海螺号角，唯有一年级的桃色扇子咬着嘴唇低着头，细听她们的对话。

等时雨被捂上嘴后，清子露出淡淡的微笑，转身面对学生会众人。清子当然有自尊，不仅如此，这名少女简直可以说是以自尊打造出来的。只不过，她的自尊不是针对世界的主义和思想而发，而是保护者保护孩子那种极其原始的、只限半径三米的自尊。

---

1. Che Guevara, 1928-1967, 第三世界共产革命运动的英雄，西方左翼运动的象征。——译注

她有如巢穴前的母熊挡在门前，朝语带讥诮的学生会众人挺起自己巨大的乳房，上前一步，以示威吓。清子自嘲地笑了笑，心想，这对恼人的乳房只有这时候才派得上用场。当下，学生会众人就像瘦狮群遇上鬃毛浓密的大雄狮，本能地感到恐惧，退了一步。清子上前一步。恐惧传染开来，学生会全体后退。清子又上前一步。“……她是在搞什么？”教室里传来时雨烦躁的声音。一步，一步，一步，一步——学生会被清子的乳房逼得连连后退，退到楼梯口时，有人说道：

“走吧，少女切·格瓦拉不在这里。”

“是啊。”

“放心吧！世界上再也没有切·格瓦拉了。”

她们互相点头，逃也似的跑下楼梯。

这件事之后，无处可去的怪客依旧天天来读书俱乐部报到。本就已经人数众多，扇子女孩又日渐扩张领土，碍于对方是客人，读书俱乐部能利用的空间越来越少，被挤到走廊上看书的人越来越多。学生会认定读书俱乐部既称不上反社会集团，也不是无政府主义者，将她们定位为无害的闲人。既然扇子女孩不会踏出读书俱乐部一步，也就不予追究。高岛清子靠努力与乳房保住了和平，使得长谷部时雨在部长面前更加抬不起头来。每当她说起其他社团的朋友，都会被内向的清子取笑："你人脉还真广呢。"

流亡人士——前王子，终究没有染上读书俱乐部的色彩。即使秋天重办的王子选拔赛剥夺了她的王子头衔，紫扇子与绿扇子仍以王子和侍从自居。她诅咒高贵的自己落难边境的遭遇，顶着吹弯的刘海和垫肩，过着永无结束之日的漫长亡命生涯，直到毕业。同一时间，泡沫景气依然持续，外面的世界灯红酒绿。前王子紫扇子嗤笑流亡之地读书俱乐部的众人。

"你们知道吗？人家说，学校里最聪明的学生对社会感兴趣，长大以后会成为政治家、企业人。第二等的研究哲学，第三等的是文学，最笨的人则是变成无政府主义者。说来说去，你们根本就是三、四等人凑起来的嘛。"

"社长，可以把这没礼貌的大小姐赶出去吗？外面正好在下雨。"

时雨抡起拳头，清子笑着阻止她。

"不行不行，迎进来的人，就是社长我的责任。所以，要打就打我吧，啊哈哈哈！"

"你还笑！这几个家伙真是气死人了！"

紫扇子与绿扇子以令人佩服的程度，完全不受社团气氛影响，就这样过了一年半。然后，她们把头抬得高高的，毕业了。毕业典礼上，她们依旧孤独地顶着吹弯的刘海，制服是修改过的，脚上的还是漆皮皮鞋。樱花散落的讲堂，以女高音吟唱的校歌响起，但她们俩到最后都还是对口型蒙混过去的。尽管眼底闪过一丝泪光，但她们咬着牙，直到典礼结束都没有让眼泪落下。两人嘴唇上涂着妖艳的口红，昂首挺胸，挥舞着绿色与紫色的扇子，快步跑出正门。她们都选择到校外升学，仿佛被一股看不见的力量催促着，奔向作风新颖的学校，去挥霍她们源源不断的资产。她们留下了几句话：泡沫永不会结束，我们永为富人，未来是金黄色的。

这一年，我们的社长高岛清子也毕业了。她选择进入同一体系的女子大学。拆开麻花辫，改梳长直发，她向自幼儿园以来一直在一起的时雨说："不过是分开短短一年的时间，我在那头等你。"说完摇晃着巨大的乳房，缓缓退场。读书俱乐部现在则由飞机头长谷部时雨担任社长。新社长热血冲动，重人情味，十分受爱戴，与其他社团的社长也相处融洽。就读书俱乐部而言，这年是难得与其他社团交流频繁的热闹一年。不过，这又是另一个故事了。

话说，我，代号"桃色扇子"，之所以会执笔这一年的社团记录簿，一方面是奉社长长谷部时雨之命——"正史恐怕不会留下正确记录，就由你把学生会'六本木化'事件整理出来"，另一方面，也因为我是当事人，是的……那个挥舞桃色扇子的高一生，就是我。不同于学姊，我受到流亡之地读书俱乐部的文化熏陶，最后归化于此。我似乎天生容易受环境影响，和相同出身的学姊在一起时便跟着吹弯刘海，改造制服，夜晚到六本木与男子寻欢作乐。但流亡到读书俱乐部之后，刘海垂落下来，我嫌麻烦就和其他头发一起扎在脑后，制服也恢复原样，一跳舞灰尘就从天花板掉下来，只好乖乖坐在椅子上。后来与待人亲切的时雨逐渐熟稔，在每次叽里呱啦的聊天影响下，从没看过书的我开始试着阅读。一开始要逐字逐字读实在累人，但因为无事可做，也只好继续看下去，渐渐地开始体会到乐趣。不久，我在社团教室里不再显得突兀，等到紫扇子与绿扇子一毕业，我看上去就像普通的社员。

新进社员一定看不出来，我曾经是个革命分子，是那群没当成少女切·格瓦拉、没思想没信念、以年轻为武器、一心只想破坏既有概念、野兽般的扇子女孩的一员。

现在的我只是一介读书俱乐部社员，仿佛打从最初就一直坐在这里。

“……喏。”

有一天，时雨将一叠陈旧的笔记本交给我。我想若是前任社长高岛清子，绝不会给“外人”“流亡人士”“奇妙的旅人”看这些的，但长谷部时雨是个极好相处的少女，仿佛在表示对我的认同，她让我读了历代的社团记录簿。我对过去学姊们令人目眩神迷的冒险感到敬畏，也为之着迷，时雨看到我的反应，微笑着说："我们这届的记录簿，就由你来写。"

"我？可是，我……我……我是旅人啊。"

"那是过去的事了。现在的你，对我来说只是个邻家女孩。不过，改变确实令人失落，再说我也不讨厌以前的你。闲话休提，我只是想请你执笔罢了。"

"……时雨学姊……谢谢。"

我不安地将笔记捧在胸口，然后将记忆回溯至事件的初始，提笔写下一切。

外头的世界依然在播放电音舞曲，镜球继续转动，在永无止境的好景气当中，金色星星在夜空中闪烁。远远地可以望见永不结束的塑料嘉年华，那里似乎充斥着无限欢乐。对于升学，我有些犹豫，不知该和扇子学姊一样选择外面的学校，或是该跟着时雨社长一起进入同体系的女子大学。但是，我想，我再也回不去那个绚丽灿烂的世界了。那时我们尽管想改变什么，却不思考，结果惹出一场金色的、虚假的革命。

至于现在的我，身为一介读书俱乐部社员，我尽可能不改变，并不断思考。已经归化社团的我，恐怕再也不会涂上口红、穿上漆皮皮鞋，而是和时雨她们一起活在没有泡沫的世界里吧。

美即丑，丑即美。

愿世界辉煌灿烂，直到永远。

一九九〇年度　读书俱乐部社团记录簿

主笔：桃色扇子

第四章 一等星

就算你找遍全世界，

也找不到一个真正的隐秘之地——

高贵也好，低贱也罢，没有任何一个地方逃得过我——

除了这座绞刑台！

纳撒尼尔·霍桑 著

《红字》

我变成摇滚明星都要怪草莓——山口十五夜事后这么说。这确实像是读书俱乐部中最内向、最爱做梦的她会说的话。然而，这句话中的真实度只有一丁点儿，而且无论真假，二〇〇九年席卷学园的风云人物——摇滚明星红宝石，即读书俱乐部社员山口十五夜，内心确实沉睡着学园正史没有记载的黑暗部分。知道这件事的，只有我等读书俱乐部社员。故兹在此，将红宝石之星的黑暗部分，毫无隐瞒地记载于这本黑暗的读书俱乐部社团记录簿。

这一年，也就是二〇〇九年，圣玛丽安娜学园弥漫着平和与毁灭的气氛。（是的，这两种气氛也是会同时存在的！）遭遇不景气与少子化，度过灰暗而萧瑟的九十年代，迈入二十一世纪后，学园便笼罩在风平浪静的天空之下。校内没有风波，没有政变，也没有悲伤，一片平和，但不可思议的，却也缓缓吹着毁灭之风，好似王朝末期的都市，处处都弥漫着浓浓的心死气氛，表面上却是一派和平景象。

由于少子化等各种世间浪潮，一直传出学园将与同一体系的男校合并的传闻，但女学生不以为意，认为不过是传闻。学园一如往常，从外界看来像蒙着一层薄纱，女学生也与过去一样，个个清新优雅。只不过历经过种种风雨动荡的修女们，看着那些在毁灭之风中依旧温柔微笑的学生，不约而同做出同样的评语：最近乖巧、没个性的学生变多了。

在风平浪静的时节中，我等读书俱乐部都在做什么呢？我们照样前往南方边境的红砖建筑三楼，聚在一起看书。尘埃遍布的社团教室里，有装饰艺术风格的桌椅和旧书架，天花板上有镜球的残骸，马口铁人偶和戏服凌乱地扔了一地，海螺号角和动物标本代替书档压制泛滥各处的书籍。桌上原本摆着数组古董茶杯，但随着岁月的脚步，渐渐破损减少。杯子里倒满了清淡的红茶，少女们端茶啜饮。

剩下的古董茶杯有六组，社员的人数正好也是六人。根据社团记录簿的记载，史上曾有过社员众多的年代，但如今社员逐年减少，根本不必担心教室容纳不下，大家各自坐在椅子上、桌子上、地板上，静静地依照自己的意愿看书。这一年，我们有两名高三生，三名高二生，新生只有一人。那名乖巧不起眼的少女，不好意思与学姊并肩坐在椅子上，总是低着头坐在纸糊的马头饰品上。

这一年的读书俱乐部社员，几乎都是文静不起眼的少女，只有一人除外，她既像异乡人，也似闯入者，外貌十分引人注目。她将一头遗传自英国贵族曾祖母的艳红秀发扎成马尾，五官分明秀美。这位高贵的前伯爵千金，名叫山口十五夜，打幼儿园起便是圣玛丽安娜学园的学生，天天由司机驾驶黑头车接送上下学。

读书俱乐部社员都是不容易大惊小怪的个性，即使十五夜明显与众不同，大家故意“小姐”“公主”地唤她，却并没有给她特殊待遇。十五夜也不会自以为了不起，总是不发一语地微笑着，个性内向，动不动就脸红，但不愧贵为公主，身上确实有些超凡脱俗之处。她经常坐在窗边以做梦般的眼神眺望窗外，那模样，简直就像鸟笼中高贵的珍禽。

本来凭这样的出身，十五夜大可在学生会的贵族院掌权，为所欲为，但她却紧跟着一名要好的少女加藤凛子，一头栽进了读书俱乐部。加藤凛子与千金小姐十五夜相反，是平民出身，成绩十分优秀，初中才进入圣玛丽安娜学园就读。她一头短短的黑发，刘海分成三七分，戴着金属框眼镜，模样像个神经质的知性少年。内向的十五夜在初中部与凛子相遇后，便紧黏着她，躲在她身后度过学园生活。只要是凛子看过的书，十五夜便借来读，阅毕红着脸娇怯怯地说出心得感想。她正直善良的诠释时而遭凛子促狭嘲笑，时而让凛子哑口无言。凛子听完十五夜的感想，总会立刻搭起逻辑的空中楼阁，投以言语的火箭炮弹，谴责十五夜的天真，每次都令千金小姐羞红了脸，沮丧不已。但十五夜老是没有吸取教训，来到社团教室又紧黏着看书的凛子，每次凛子心血来潮回头扔石头放箭，她又受伤。

熟识两人的少女常感到不解，心想十五夜对于凛子的仰慕之情，真的只是少女间真挚的友情（也就是所谓的“假性姊妹”）吗？或者一厢情愿的十五夜其实是隐性的“真姊妹”呢？每次偷偷问凛子，她总是嗤笑发问者趣味低级，接着又神秘兮兮地说：“那是你们不了解十五夜，她比大家以为的要复杂多了。你们都被她娇滴滴的外表给骗了，不想去了解十五夜的本质。”当时谁也不懂这番话的含义，直到“红宝石之星事件”爆发时，才真实上演在读书俱乐部社员面前。这一年，从二〇〇九年的春天到秋天，十五夜惹出一起疯狂事端，令人不敢相信那竟是驯顺善良的公主干下的。那之后，十五夜走上了与凛子不同的路。而就像事后十五夜本人寥寥数语谈起的，那全都要怪草莓。

新学期开始不久，某个星期一放学后，十五夜一反常态，沉着一张脸来到社团教室。飘然入室后，她便靠在门上，不发一言地凝望凛子，一副欲言又止的表情。

坐在桌子上看书的凛子头也不抬地低声说：

“有话快说，有屁快放。你从以前就是这样，只会在那边扭扭捏捏，等人家来问你。所谓的内向，我告诉你，就是傲慢。”

这番冷言冷语令刚入社的高一新生大吃一惊，但其他社员似乎早已习惯这两人乍看之下冷漠的互动以及凛子偶尔发作的残虐性格，表情毫不吃惊。

“……凛子，你有男朋友了？”

十五夜以银铃般与生俱来的天籁美声问道。凛子狐疑地看着她，回说：

“没有。”

“你昨天没到神保町去？”

“没有。”

“……原来是这样啊。”

口吻变得彬彬有礼的时候，就表示驯善的十五夜生气了。凛子偏着头，一脸纳闷地打量着十五夜，但后来双方没再交换一言半语。其实，这正是风波的序幕，但当时谁也没有发觉。这一天社团活动照常结束，高一生清洗了茶杯，准备锁门。外头天已经快黑了，乌鸦群有如小小恶魔在空中飞过。十五夜靠着墙陷入沉思，似乎没有要离开的意思，于是高一生怯生生地发问：“学姊，你不回家吗？”

学姊没有回答。高一生虽然一心想回家，但决定再陪学姊片刻。山口十五夜就是这样，有时会让少女不由自主对她客气起来。

她那一头火红的头发，是遗传自出身英国贵族的美貌曾祖母。那红宝石般的发色令学园里的少女羡慕不已，都说那是命运的颜色，但她本人似乎非常介意，认为与清纯宁静的学园格格不入，不过是被诅咒的圣痕。十五夜家中，除了留学时与英国人结婚的曾祖父，还有没当成文人殉情而死的伯父、与司机私奔的不良贵妇等，热情冲动的人很多。十五夜一直认为或许自己也继承了这种血脉，因此对于爱或冲动等源自人类本性的激烈情感，内心暗自害怕。

高一生试图寻找话题，便从口袋里取出一把旧钥匙。这是她几天前在社团教室一角发现的，但这钥匙比门上的钥匙孔小得多，她正觉得奇怪，不知道这究竟是哪里的钥匙。她小心翼翼地拿给十五夜看。十五夜不愧是学姊，看一眼就猜着了。她指着刚才凛子所坐的那张古董桌。

“一定是那个抽屉的钥匙。”

“啊，真的耶！有个小小的钥匙孔。”

“那个抽屉上了锁，一直打不开。亏你找得到钥匙。”

受到夸奖的高一生红了脸，将钥匙插入孔里，转动一下。一打开，从抽屉深处滚出一只小小的玻璃瓶。瓶里装有暗红色的液体，本来多半是装满的吧，但经过了长久的岁月，现在只剩瓶底还残留一点。高一生歪着头感到纳闷，十五夜那双大眼则瞪得更大，说道：

“这一定就是以前社团记录簿上提到的草莓香水。这香水是很久很久以前跟着圣玛丽安娜从巴黎漂洋过海来的，都九十多年前的事了。哦，亏你找得到。”

“社团记录簿是什么？”

“啊，你才刚进来，难怪不知道。每当学园发生了不会被记载在正史上的珍奇事件，或是社员成为历史目击者的时候，历代学姊就会暗自记录下来，然后将那些见不得光的笔记本，也就是读书俱乐部的社团记录簿，混杂在其他书本之间，藏在社团教室里。把这些笔记找出来看，是社员私底下的一大乐事。”

高一生十分感兴趣，立刻在社团教室翻找起来，顿时灰尘四起，十五夜轻声哀叫道：“学妹，提到香水的，是记录‘圣女玛丽安娜失踪事件’那一本。啊，记得是在那坐标本底下，不对，不是那个，是旁边的……对，就是那个。”高一生在十五夜的指引下找到笔记，津津有味地埋头读起来。

十五夜意兴阑珊地说：“不过，和过去学姊干下的种种奇案比起来，我们的生活真的很平凡。与其说我们有个性，其实不过是我行我素，比起冒险，我们更看重不出错。今年势必很难留下有趣的社团记录吧。也难怪修女总是苦笑说，没个性的学生越来越多了。那些学姊毕业后想必也过着精彩的人生吧，而我们将来会怎么样呢……”

高一生听着十五夜低声说了这番话。过了一会儿，等到她回过神时，只见十五夜不发一语地伫立在教室中央。那时高一生刚看完手上那本约莫五十年前，即一九六〇年度的读书俱乐部社团记录簿，大梦初醒般呼了一口气，她注意到十五夜的异状，唤了一声：“学姊？”

只见十五夜仿佛遭到雷击，单手拿着玻璃瓶仰望天空，盯着坏损的镜球。一头红发散了开来，像燃烧的鬃毛般垂在背上。高一生轻声说：“这草莓香水真像学姊的头发，如此艳红，就像血和红宝石。”她站起身，但十五夜没有回答。她一定是把香水洒在身上了。玻璃瓶底仅存的暗红色液体不知何时消失了，取而代之的，是十五夜身上散发出甜腻的人造香味。

“学姊？”

香水味道虽甜，却给人一种绝望与虚无，带着黑暗气息的印象。高一生内心泛起不祥的预感，赶紧冲上前摇晃十五夜的身体。十五夜宛如从白日梦醒来，瞳眸圆睁，过了几秒才赫然清醒。“……糟糕，我怎么发起呆来了。”她害臊地微微一笑，便匆匆准备回家。高一生虽然觉得她的模样有些奇怪，内心感到不安，也只能默默目送她离去。

第二天起，十五夜便有些不同。她照样阅读加藤凛子读完的书，并委婉地说出感想，但原本光明天真的解释却逐渐变得灰暗沉重，散发虚无与死亡的气息。不久，说话时还会突然配上旋律，唱起歌来。十五夜一唱歌，天花板上的镜球残骸便开心地闪烁。社员固然觉得奇怪，也只能远远守护生病的同伴。到了那一周快结束时，十五夜突然造访了位于新校舍的轻音乐社。

轻音乐社以校舍一角某间不再使用的理科教材室代替社团教室，随性地进行活动。社员仅有三人，平常就是利用录音机听音乐，玩玩吉他和鼓。“我不会任何乐器。”十五夜这么表示。一个拨弄着电吉他的高挑少女抬起头来，惊讶地望着眼前突然现身的高贵千金，代表其他社员回答：“既然这样，你当主唱就行了。”十五夜松了一口气，怯怯地露出笑容。于是，自下周起，她便成为读书俱乐部与轻音乐社的双重社员，出席双方的社团活动。社团同伴觉得奇怪，莫不纳闷地想：“她到底有什么打算？究竟是哪里不对劲？”这期间，她以旋律搭配读后感想吟唱的情况一天比一天夸张。一天，加藤凛子终于忍不住骂道：“你太吵了！只会唱歌，影响别人看书！”十五夜听了便放下看到一半的书，走出红砖建筑，再也没有回来。

这是五月初的事了。文静乖巧、总是躲在凛子身后的千金小姐一走，不知为何，社团教室竟变得阴暗许多。凛子虽然装作不在意，但好一阵子，她就像在等失踪的猫回家一样，将社团教室的门打开一条小缝，竖起耳朵等着那拘谨的脚步声响起。春风自窗口吹进来，破烂的蕾丝窗帘空虚地晃动着。十五夜一直没有回来。

高一生担心十五夜是因为嗅闻了草莓香水才出现异状，但因为顾及自己的学妹身份，不好意思开口。其他社员逞强地说："那是她的自由。再说，千金小姐本就和读书俱乐部不搭调，和我们格格不入。""是啊……""嗯……"表情却有些落寞。她们轮流坐在窗边，望着那幢如噩梦般掳走十五夜的粉红色崭新校舍。

此后，山口十五夜仿佛将一度热衷的读书俱乐部忘得一干二净，以异乡人的逍遥心态泡在新的落脚处。充当轻音乐社社团教室的理科教材室，和读书俱乐部一样杂乱肮脏，极不适合千金小姐。教室中央有两具人体模型，被摆成互相交缠的不雅姿态，低头抬眼睨视进门的人；泡在福尔马林里的胎儿、人类心脏、脑髓、双头蛇等标本排列在柜子里，暴露在电灯泡昏黄的灯光下。如果读书俱乐部是市中心劳工的酒吧，轻音乐社就是正常人止步的鸦片窟。扬声器、吉他和鼓等器材都陈旧不堪，社员一向随便保养随便使用。十五夜将她视为圣痕而十分介意的一头红发倒竖梳起，自称"红宝石"，粗暴地抓起麦克风架。轻音乐社的人又惊又疑，一度以为千金小姐发疯了，不过那个抱着电吉他的高挑少女，也就是率先和十五夜说话的那位，本来就是个爱起哄的人。她说："那我自己皮肤白，就叫'珍珠'好了。"说完开玩笑地挥舞起电吉他。其余两人也跟着背起贝斯，坐在鼓前，试着演奏十五夜自己谱的曲子。眼前有曲子但没有歌词，十五夜便将在读书俱乐部读过的世界名著改编成歌词，即兴配唱。文学与摇滚竟不可思议地融合在一起，博得社员一致赞赏，认为酷毙了。事实上，歌词中文学诠释的部分几乎都不是十五夜本人的见解，而是经常与她畅谈文学的凛子的言论。十五夜的美貌与她脆弱易感的气质，加上闻了草莓香水之后生了病的那颗绝望、虚无的心，在昏暗的理科教材室里开始闪耀光芒。

不久，四人以摇滚乐团"人体模型之夜"为名，战战兢兢地展开活动。一开始是在理科教材室举办地下演唱会，邀请朋友来听，但很快就汇集了惊人的人气，原本的社团教室已容纳不下所有观众。于是他们带着交缠的人体模型来到走廊开唱，又过了一阵子，心惊胆战地进一步到楼梯间表演。观众越来越多，"红宝石""红宝石"地热情高喊主唱的名字。吉他手珍珠也颇具姿色，每次两人在间奏时背靠着背表演，或是在演唱中互相凝视，都会让少女发出近似尖叫的甜美欢呼。出于悲伤而梳得高高的火红秀发、大眼睛，以及额头上的银色星星，是“红宝石之星”的正字标记。团员个个秉性随和，善待歌迷，对目前的人气都十分满足，但十五夜看着眼前挤得楼梯、走廊水泄不通的歌迷，沉思许久。然后，她拜访了位于旧校舍五楼的学生会，怯怯地找人商量。学生会花了相当长的时间和她详谈，最后贵族院做出决定，表示只要不唱低俗、亵渎上帝的歌词，而是歌颂文学，维护圣玛丽安娜学园的秩序与道德，学生会便支持十五夜的摇滚乐团，并负责说服修女。最后以星期五傍晚为限，准许乐团在圣玛丽安娜铜像底下举办户外演唱会。

这时候，新闻社也注意到乐团爆红的人气，制作了“人体模型之夜”的专题报道，还来采访主唱的好友加藤凛子。凛子整理着三七分的刘海，发表了寥寥数语：

“我的确认识她很久了，但到现在还是不懂她在想些什么。为什么要组建摇滚乐团？这种事我怎么知道？记者同学，她啊，是个非常复杂的人……”

在歌迷与友人的一片溢美之词当中，唯有凛子的评语透露了不解与质疑，但所有人都以为那纯粹只是出自昔日好友今日陌路的冷言冷语，并不当一回事。

不久到了六月，圣玛丽安娜节的季节来临。“人体模型之夜”

这时虽已是人气乐团，毕竟还是小众之流。

今年的王子选拔赛呼声最高的，是戏剧社的一个硬派美少女。她预定在圣玛丽安娜节的戏剧公演中，饰演苦恼的哈姆雷特一角。公演当天，幕布一掀起，戏剧社全体人员脸色大变。往年的公演一向是观众挤到门外的盛况，况且今年要推出的是得意力作，但场内竟没有半个观众。震惊中，王子候选人连台词也忘了，穿着中世纪贵族的戏服呆立在台上。就在这时候，中庭传来亢奋的鼓声、电吉他的嘶鸣，以及“红宝石之星”空灵嘹亮的歌声与少女的尖叫。戏剧社社员穿着戏服便奔出体育馆，咬着嘴唇，瞪视着来闹场的“人体模型之夜”。乐团的歌词与戏剧社的公演主题不约而同都是《哈姆雷特》，但台上的歌手穿的不是中世纪的服饰，而是一身街头摇滚少年风格，骷髅图案的黑上衣搭配古董破牛仔裤，赤着脚，猛甩一头倒竖的红发，歇斯底里地唱出现代版的哈姆雷特。“To be, or not to be! That is the question! That is the question!”（生存还是毁灭，这是个问题！）歌手疯狂嘶吼，少女们为之痴狂，看到红宝石靠在穿着黑西装与皮靴、扮演死去父王的珍珠身上轻声呢喃，少女便激动落泪，不断呼唤红宝石的名字，甚至有人昏了过去。随后举办的王子选拔赛，原本预测会由戏剧社获得压倒性的胜利，但结果出乎意料，竟由红宝石——山口十五夜——以些微差距当选。那个内向、动不动就脸红、总是躲在凛子背后的十五夜，如今竟在众人面前大方唱歌跳舞，在舞台上奔跑，让观众兴奋到最高点，仿佛是个天生的摇滚巨星。向来引以为耻的红发，如今梳得高高的，好似燃烧的鬃毛迎风摇曳。与生俱来的美貌光芒四射，银色的星星在摇滚明星的额头上熠熠生光，成为最闪亮的一等星。

新王子有着前所未见的堕落气质，在圣玛丽安娜学园引爆了文学摇滚的热潮。

对此最感到错愕的，自然就是王子的老巢——爱好文学的读书俱乐部。高一生又惊讶又难过，不知所措地摇晃着依然孜孜不倦在看书的加藤凛子的肩膀：

“事情到底为什么会变成这样？明明两个月前，十五夜学姊还在这间教室里，坐在那张椅子上，和我们一起看书的。”

“那是她的资质。她身上本来就流着狂放不羁的血，是为爱与堕落而活。只是之前她因为害怕，强迫自己隐瞒起来罢了。”

凛子打着大大的呵欠回答。她抬起头，不解地望着大受打击的高一生：

“有什么好震惊的？”

“因为……”

“换个地方，另一种面貌自然也会跑出来。人类就和阿修罗神像一样，有好几张脸。你也一样，只是你自己没有发现而已。”

凛子翻着书喃喃地说。

“她是个热情的人，这一点我最清楚了……”

高一生从此什么都不问，什么都不说了。社团教室里，文静的少女喝着红茶看着书，也不知是一无所知，还是因为洞察一切，总之她们照样散坐在喜爱的地方，默默照各自的方式过日子。

圣玛丽安娜节的骚动结束后，“人体模型之夜”以王子本人率领的摇滚乐团为号召，人气勃发。每到星期五傍晚，学生便聚集在中庭投以热烈的视线。原本仅有三名社员的小众集团轻音乐社，社员激增。由于理科教材室容纳不下所有社员，隔壁那间有数张白色大桌的宽敞理科教室，就成了新的社团教室。许多希望变成“红宝石之星”的少女，以中庭巨星为目标，陆续组成新乐团。星期五傍晚的中庭，热闹得有如摇滚音乐节，大大小小的乐团同时举办演唱会。每天傍晚，汗水四溅，演出者与观众一同香汗淋漓地唱歌跳舞。

进入暑假之后，骚动一度沉寂。虽然“人体模型之夜”人气依旧，但类似的新乐团如雨后春笋般诞生，歌迷渐渐分散。暑假结束，晒黑的学生在残暑中重返学园。

读书俱乐部的高一生认为，红宝石乐团的人气将受到考验。

她把这个想法告诉新任社长凛子，但凛子回说：

“哦。不过，我想十五夜会设法解决的。”

喃喃说出一句令人不解的话，她便不感兴趣地低下头，继续读自己的书。

就在第二学期的某个星期五，发生了一件大事，足以令聚集在社团教室的读书俱乐部成员同时摔落手上的书。那天，喧闹声如常自中庭响起，熟悉的嘹亮歌声透过麦克风传来。声音的主人自然是山口十五夜，但她的语气似乎比平日多了几分落寞。

“各位，好久不见。我们是‘人体模型之夜’。今天要为大家演唱一首新歌，《红字》。”

“《红字》？”

凛子猛地自书中抬起头来，喃喃自语。她把弄着金属框眼镜，茫然地问：“是霍桑的《红字》吗？”

“应该是吧。”

“那本也是我看完以后借给十五夜的书。不过，我一直觉得很奇怪，她为什么老唱文学呢？摇滚本来不是应该唱自己的人生吗？”

“可是，那位千金小姐哪有摇滚乐的黑暗和堕落可唱啊。”

“又来了，你们都不了解真正的山口十五夜，她心中当然有深不见底的黑暗……不过，没想到竟是《红字》。‘人体模型之夜’之前都是唱乔治·桑或柯蕾特之类比较甜美的作品，为什么这时候竟唱起发生在清教徒殖民地的通奸罪？”

读书俱乐部众人面面相觑，纳闷地说：

“不知道耶……”

“听你这么一说，的确奇怪。”

《红字》的作品背景，是十七世纪中叶的新大陆马萨诸塞州、民风严谨的清教徒殖民地，描写犯下通奸罪、产下私生子的年轻女子海丝特，必须身穿绣有猩红“A”字的衣物到广场上示众，以代替死刑。她被迫穿上绣有罪恶象征的衣物，被拖到众人面前。

“请让开一条路。我保证海丝特夫人会被安置妥当，好让所有男女老少，从现在起到中午一点，都能好好欣赏她那身漂亮的衣裳。天佑我正义的殖民地马萨诸塞，罪恶在此无所遁形！来吧，海丝特夫人，到广场上展示你的红字吧！”

从此，这女人终其一生都得在胸前佩戴红字，而与她通奸的年轻牧师也因悔罪，自行在绞刑台上殒命。“就算你找遍全世界，也找不到一个真正的隐秘之地——高贵也好，低贱也罢，没有任何一个地方逃得过我——除了这座绞刑台！”最后，受到清教徒社会的谴责，背负罪名而死的两人，墓碑上刻着“一片漆黑之地，一个猩红的A”，至今仍在马萨诸塞州的无名之墓中沉睡。

社员们纷纷自书中抬起头来，对于要如何将这个故事唱成摇滚乐感到好奇，心中也不无期待。只听中庭继续传来十五夜的声音：

“这是我们的第一首抒情歌，虽然和以前的狂野曲风不同，但我想大家会喜欢的……那么，请听我们的新歌。”

演奏开始，凛子好奇地歪着头，望向窗外。

“好清冷的旋律啊。‘人体模型之夜’向来以激昂的曲风为卖点，这是第一次挑战抒情歌……”

她喃喃说完，视线又落在书页上。

但是，歌词一唱出来，包括凛子在内，所有人手上的书都掉了。本来托着腮故作从容的凛子，错愕得差点从桌上滚下来。

“这首歌的女主角是高中部二年级的加藤凛子。她有个绝不让我知道的秘密，罪孽深重的红字。大家都知道，凛子与我是初中以来的好友。我是个不中用的小毛头，总是跟在能干的凛子后头。是凛子与我畅谈喜爱的音乐，推荐我好书的也是她。

我对她的感情，无法在此多说。喏，各位，各位一定也有这么一个重要的人吧！既不是家人，也不是其他人，一个谁都无法取代的人。要说是朋友？或该称作恋人？这由你们来决定。对了，那个人，我们应该这么称呼——someone。”

平常随着高亢的旋律起舞的少女，吃惊地站在原地，一脸感动地听得入神。其他的乐团成员也停止演奏，侧耳倾听红宝石王子的第一首抒情歌。不知不觉，中庭静得吓人，只有王子平稳的歌声与吉他手的演奏，宛如世界末日的号角，响彻整座校园。

在此之前，王子都是将文学中的恋爱故事或古典悲剧，以她独特的诠释——其实是盗用凛子的见解——配上狂野的摇滚旋律来唱，这首新歌实在太出人意料了。

只见王子身穿简单的白洋装，布料上以血书般狂放的草体写着猩红的 A 字，赤着脚，紧握麦克风。少女们一开始感到疑惑，但这首悲歌伴随着平静的旋律逐渐渗透到她们心底的角落。秋日的夕阳余晖下，少女们缓缓摇动荧光棒，一个接一个跟着王子一起唱：“someone……someone……someone……”

“我一直好怕，要是凛子交了男朋友怎么办？我以为那会是世界末日。所以我有时候会故作开朗，问她：‘有没有心仪的男孩？’凛子总是笑着回说：‘那怎么可能。’

“但是我看到了，就在今年四月……在神保町的十字路口，碰巧看见了凛子。我停下车想喊她，却叫不出口。因为她和男友在一起，和他搭着肩走过去。我吃惊，我慌张。第二天在社团教室碰面，我若无其事地问：‘昨天，你去了神保町？’凛子对我说谎。她说没去。我好怕，好怕。因此，在凛子离我而去之前，我必须先离开她。她背叛了我，我失去了她。我看到了凛子胸前的红字，那烈火般燃烧的，猩红的A。”

读书俱乐部全员都想起了春日里的那一天，一脸落寞地靠在门上向凛子问话的十五夜，以及凛子冷冷的回答——“没有”。在全体社员的注视下，凛子冷静地拾起掉落的书本，然后一脸受不了的表情，猛摇手：

“才不是，我没说谎。要是我真的和男生搭肩走在路上，一定会第一个告诉十五夜。”

中庭里继续传来十五夜如泣如诉的歌声。

“今晚月亮也会哭泣吧！流下星光般的泪水，泪湿的脸颊染成银色，以云朵拭干。加藤凛子的，猩红色的A！加藤凛子的，猩红色的A！”

“不过，这下可麻烦了……”

在同伴怀疑的视线中，凛子迅速关上窗户，并紧紧拉上窗帘。高一生有些不解，悄悄从窗帘缝隙望出去，正好看到大约十名戴着新闻社臂章的少女，自新校舍疾奔而出。她们对准靠在吉他手肩上激动呜咽着继续歌唱的红宝石，按了无数次快门。在傍晚时分的学园里，镁光灯如闪电落雷般刺眼地闪个不停。凛子从内侧把门锁上，一连串动作有如预测到抢米骚动的米商。她一反常态，焦虑地在教室内走来走去，抱着头嘀咕：

“可恶的十五夜，偏偏拿我来开刀，这不是正好给新闻社当八卦报道吗？！光是红宝石之星的友人身份，就已经够惹眼、够麻烦了！现在运动会刚结束，又没有其他活动，也没出什么事能分散注意力。啊啊，真要命！”

新闻社的少女陆续奔进宛如废墟的红砖建筑，社团教室的天花板和墙壁登时摇晃起来，灰尘四落。许多年来，出入这幢破房子的只有寥寥数名读书俱乐部社员，此时，这幢危楼因接连而来的脚步声激烈晃动。

社团教室的门被敲响。凛子没开门，只大声回应：

“是谁？”

“我们是新闻社，想找高二的加藤凛子同学，请她针对‘人体模型之夜’的新歌发表意见。”

凛子捏起鼻子，变声喊道：

“她不在，她已经回去了！”

“……哦，既然这样，我们只能采访王子这一方了。”

中庭里撼动人心的乐声仍旧回荡着，仿佛要撕裂日暮的紫色天空一般。

下个星期一开始，加藤凛子成为新闻社追逐的目标，向来沉着冷静的她竟因此消瘦憔悴。红发王子则与乐团成员趁着午休，在理科教材室接受采访。等到星期二早上，王子翔实交代的她与加藤凛子之间的友情是如何变质的供词，已经成为号外特报，传遍学园。

号外中记载了两人自初中开始的友情，写到王子目睹凛子与男友相处的情状。曰：四月某个周末，十五夜搭乘黑头车经过神保町，在人群中发现加藤凛子。

凛子平常总是身穿清纯的白衬衫和百褶裙，但当天不知为何，竟一身休闲打扮，穿着男用衬衫搭配牛仔裤，头戴棒球帽。十五夜还在为她转变之大震惊不已，就看到她与一个打扮相似的男孩进了书店。两人搭着肩，互动亲密。十五夜惊讶得立刻跳下黑头车，想追上两人，但神保町就像一座爆炸的老图书馆，小型旧书店如碎片般四散林立，她没多久就迷了路。是不是弄错了？对方是不是哥哥或表亲？十五夜十分烦心，在社团教室遇到凛子时，便故作无事地发问，但凛子只是冷冷回说“没去神保町”。十五夜没料到凛子会说谎，内心深受伤害，从此再也无法信任凛子。而当时心中受到的那道深深伤口，至今尚未痊愈……

十五夜接受广播社的午休采访时，也提到了同样的事。语毕，她流着泪轻声说道：“新歌便是以这样的心情写出来的，请大家再听一次。”

红宝石静静吟唱，一旁的珍珠弹奏吉他。她的歌声是如此凄清消沉，整座学园不禁为之泪下。交男朋友倒不至于引人非议，但她们没想到谎言竟能如此伤人，这份震撼点燃了少女心中的怒火。王子的悲伤，随着旋律如野火燎原般一发不可收拾，迅速蔓延。午休结束时，高二的加藤凛子已经变成可恨的女巫、万恶的红字女。

加藤凛子本人既不否认也不辩解，拒绝做任何响应。但从这以后，陆续有学生表示在神保町看到凛子约会。不知为何，时间总是在周末。每到星期一，就有学生跑进新闻社，描述自己目击到的加藤凛子约会情状。有人甚至以手机拍下模糊的照片，或供称：“她和男生三人在咖啡厅里，一待就是三个钟头。”“她和四五个男生进了电影院。”“她和十个男生走在小路上。”不知为何，男生的人数不断增加。红宝石之星的“someone”在外不知检点，而且男友不止一人的消息感伤地被报道出来。王子的哀恸更加剧烈，甚至连身形都消瘦了。在悲凄的深渊中所写的新歌《绞刑——敬启者，埋葬加藤凛子！》前所未有地激情狂放，歌曲中热情与恶意和无法磨灭的爱细腻地交织在一起，令少女为之狂热。表演服装则是军队风的男装，穿在具有欧洲血统的红宝石身上，适合得不得了。无数点歌的要求立刻塞爆广播社，无论早上还是中午，每到下课时间就播放这首曲子。凛子咬紧牙关，一脸苦相地忍耐着，直到某天午休，她终于站起身来，大喊着“可恶的十五夜！”冲出教室。位于新校舍二楼的二年级教室，因这场风波骚动起来。凛子闯进隔壁教室，上前质问：“你到底想怎么样？！”山口十五夜不知为何拒绝与她对话，扔下吃到一半的怀石便当，不惜跳窗逃走。王子边跑边喊：“我再也不想和你说话了！”凛子大声嚷嚷：“你这骗人精！你这么做是为了要出名是不是？！结果害得我微不足道的名誉一败涂地，你的摇滚乐团却变成校园天团！我早知道你是个卑鄙的诈欺犯，我要亲手撕下你额头上那颗丑陋的星星！”她以恶鬼般可怕的神情追赶十五夜。

这是读书俱乐部社员第一次听到凛子针对事件发言。放学后她们聚在社团教室，问起那番话是什么意思。其中最感到不安的，便是那个乖巧的高一生。她坐在纸糊马头上，望着凛子。

凛子懒洋洋地抓抓头，说道：

“很多事我也不明白。十五夜还在读书俱乐部的那一天，也就是四月的那个星期一，她确实问我是不是去了神保町。可是我真的没有去约会，也不知这是怎么回事。不过，可以确定的是，十五夜领军的摇滚乐团‘人体模型之夜’利用我演了一出戏。”

“演戏？”

“各位，接下来我说的话，你们不能泄露出去。”

“我不会对任何人说的。”

“我也是。”

“当然，我也是。”

社员们把看到一半的书当成《圣经》，将手按在上面发誓。凛子讽刺地笑了。

“我和十五夜认识很久了。我比谁都清楚，在她内向怕羞的千金小姐形象背后，隐藏了更深沉的另一面。但这只是我的直觉，没有证据。所以，这不过是身为‘someone’的我所做的假设。”

说着，凛子摘下眼镜放在桌上。拿下眼镜后，凛子神经质的表情显得缓和许多，取而代之的，多了一抹寂寞的影子。

“虽然我在接受新闻社的采访时没有提，但我认为，‘红宝石之星’的人气不是偶然。那是红宝石，也就是山口十五夜经过冷静筹划的结果。她去找学生会谈，取得户外演唱会的许可，接着刻意在戏剧社公演那一天，举办主题相同的演唱会，一步步按计划打造她的巨星宝座。她和学生会之所以能达成共识，不是因为她对音乐的热情，也不是因为她天天到学生会敲门，精诚所至，金石为开。”

“怎么说？”

“十五夜可是重量级人物，是至尊无上的公主。她外表看似温和柔弱，却有我们平民无法窥见的另一面。在这件事上头，她恐怕是利用了自己的出身。在学生会掌权的贵族院，与出身高贵的十五夜本就是通家之好，所以学生会才会对地下乐团‘人体模型之夜’宽容得出奇。这一点戏剧社根本不是她的对手。”

高一生困惑地举起手，小声地说：“可是，我不觉得十五夜学姊是心机那么重的人……”

凛子没有把握地笑了笑，摇摇头。

“当然，这只是我的假设。我说的，不过是盘踞在我心中的那个狡猾黑心的山口十五夜罢了。但是，我相信自己一针见血点出了事实。好，回到利用我演一出戏这件事。‘人体模型之夜’最初是以文学摇滚这种奇异组合与狂放的旋律大受欢迎，但暑假过后，人气开始下滑。我一直暗自好奇，十五夜会怎么挽救声势。由于仿效狂放曲风的乐团越来越多，十五夜大概是看出这一点，才计划推出从未尝试的抒情歌吧。只不过，光是推出可能不够引人注意，于是在歌词中加入她和我的友情，以及自己曾被辜负的经历。那首歌确实不错，但是会如此受欢迎，是新闻社和广播社穷追不舍、大肆宣传的缘故。等到事情闹到最高潮的时候，再推出她有自信的狂野新歌，这下更是大红大紫。你们等着瞧吧。本来只是小小乐团的‘人体模型之夜’，现在已经逐渐成为怪物乐团，足以在学园演艺史中留名了。这就是令人胆寒的大恶人、花容月貌的山口十五夜策动的完美计划。”

凛子喝了一口红茶，蹙着眉头懒懒地说。社员专注静听凛子的假设，对这与众不同的解释感到新鲜，但遗憾的是，这魅力十足的邪恶假设与十五夜给人的印象实在相去太远。高一生十分困惑，不小心将红茶泼洒在地。凛子的假设，简直就像她和十五夜在一起议论文学时打造的空中楼阁，像是以经过千锤百炼的言语火箭炮弹，朝赤手空拳的千金小姐发射，以打击十五夜的善良。然而，与过去不同的是，凛子今天说话时的表情郁郁寡欢，声音颤抖不安。

“我啊，是山口十五夜为了成为明星所祭出的代罪羔羊。恐怕是因为我既是她的‘someone’，又是无名小卒。我只是以平淡为信条的一介读书俱乐部社员，不是贵族出身。很遗憾，我与学生会的贵族院也没有家族间的往来。当然，这样没什么不好。但对高贵的十五夜而言，我虽然是重要的朋友，也是虫蚁般的平民，毁不足惜，所以她才会轻易地践踏我，利用我。我从没遇到过像她这样的人……只不过，神保町的约会还是不解之谜就是了。”

“可是，”高一生插嘴了，“学姊看起来不像那样的人。她只不过是爱做梦，常发呆，有点令人担心而已……”

高一生回想起十五夜落寞的侧脸，以及她坐在窗边娴静的模样，忍不住以颤抖的声音提出反驳。但凛子毫不留情，继续以言语的碎石攻击不在场的十五夜，不断放箭，仿佛直到对方气绝才肯罢休。

“就是这一点！就是这一点！山口十五夜的精神具有令人无法忽视的脆弱艺术家资质，却又有极其污黑、极其顽强的地方。分明是千金小姐，却是文学与摇滚的私生女；分明内向害羞，却又拥有极致的表演欲；分明容易受伤，却又像钢铁一样坚强；分明头脑天真简单，城府却又深得骇人。所以我才会对新闻社说，她是一个非常复杂的人。了解这一点的，在这个广大的圣玛丽安娜学园里，也只有我一人！”

尽管自称遭到十五夜践踏，凛子却骄傲地挺起了胸膛。也许是对自己搭建的空中楼阁感到心满意足，她不再说话，又埋头看书。

那一天凛子虽然气急败坏地追打十五夜，但她并没有向社员以外的人提起她的假设。不过，新闻社紧咬凛子追赶十五夜时说的话，主张“人体模型之夜”牺牲凛子的沽名钓誉之说；广播社则拥护王子，批判凛子的双重生活。双方展开新闻大战。遭人非议的凛子固然声名扫地，但神圣的原告王子的名誉也随之蒙尘。尽管纷扰不断，遭到诋毁，山口十五夜的巨星地位却更加巩固。因为这时期诞生的新歌《绞刑》大受欢迎，是乐团的歌曲中数一数二的名曲。学生自然而然哼唱出旋律，直想随之起舞，生存的喜悦与锥心之痛两种情绪，甜美而沉重地贯穿了少女的身与心。

一天，戏剧社众人爬上红砖建筑尘埃密布的楼梯，来到读书俱乐部的社团教室。在轻音乐社靠从众媚俗赢得的人气压制之下，今年的戏剧社存在感顿失，毕业在即的高三学姊也天天斥责高二生没出息、不中用。她们此行的目的，是为了拉拢千夫所指的可恨魔女加藤凛子。只是她们没有想到，魔女竟是个不起眼的神经质少女，令人难以相信是那个华丽王子的“someone”。在六月圣玛丽安娜节时，曾在没有观众的舞台上屈辱演出中世纪版《哈姆雷特》的戏剧社社长重振精神，向凛子提议：不妨来戏剧社当明星，反过来利用现在卑劣的形象，扮演毒妇的角色。

“同学，难道你不想大闹一场吗？不想挫挫红宝石之星的锐气吗？与我们联手，从可恨的她身上抢走明星的宝座吧！如何？戏剧社历史悠久，有的是塑造明星的实力与成绩。”

读书俱乐部社员表面上在读自己的书，其实个个将耳朵张得和小飞象一样大，静观事态发展。结果，凛子嗤之以鼻，冷冷地说：“可是，我并不想成为任何人。我只要能在这里看书就够了。愚人十五夜确实给我带来不少麻烦，但想把她拉下台，你们自己请便。”说完她将戏剧社众人赶出社团教室。

另一方面，那个前社员山口十五夜一度嗅闻过、如今已成空瓶的香水瓶，事后便收回桌子的抽屉里，上了锁。知道这件事的高一生每次看到那张桌子，就想起深藏其中的旧空瓶，感到不寒而栗。那天教室中不可思议的氛围与甜蜜浓厚的草莓香味，她还记忆犹新，每次看到毫不知情坐在桌上看书的加藤凛子脸上的憔悴，内心便隐隐作痛。

“我想过了……”

为了尽绵薄之力，某天放学后她谨慎地开了口。坐在纸糊马头上，她说：“一直有目击证人指出看到社长在神保町约会，我觉得很可疑，那个……”她才说不到几句，凛子便头也不抬地放枪：“怎么？要玩侦探游戏？”

不过其他社员暗示她说下去，她便鼓起勇气继续说：

“要约会，多的是地方可去。神保町是书店街，虽然我们会去那里买书，可是……”

“嗯，的确没错。”

有人附和。东京各地的大型复合式大楼落成已久。六本木之丘，表参道之丘，东京中城。电影院、商店、餐厅、办公大楼、饭店、旅舍齐备，有如水泥绿洲的设施，海市蜃楼般在都市各处出现。每出现一处，年轻人便像沙漠里干渴的动物蜂拥而至。年长者与具有特殊爱好的人集中在老街，会去新市区的则是消费能力强的年轻人与小家庭。

“我想那不是约会，而是有相同爱好的人一起去买东西罢了。这么一来，同行的人多也不奇怪。凛子学姊，你觉得呢？”

凛子一脸苦相跳下桌来。高一生仿佛听到空瓶在抽屉深处滚动的声响，不由得双肩一颤。

“世界上有所谓的安乐椅侦探，你既然坐在那东西上面，姑且就叫你纸糊马头侦探吧……很不巧，有目击情报的那些日子，我几乎都没出门。既没有约会，也没有外出购物。换句话说，那是我的分身。”

凛子粗暴地关上门，负气回家了。但是，第二天，高一生锲而不舍地重拾话题。

“我还注意到一件事。”

“……又是你。我可是什么都不知道。”

“目击情报为何都只发生在周末？我们平日也会在街上走动。当然，穿着制服能够出入的场所有限，为了逃避修女耳目，不能到闹区。但是，进书店应该不会受罚。”

“嗯……”

“就像凛子学姊说的，既然学姊没有出门，那么大家看到的一定是分身，不，是外表与凛子学姊极其相似的人。如果是一头红发的十五夜学姊，当然不可能被认错，但凛子学姊是三七分的黑发加眼镜，中等身材，恕我失礼，外貌不算有个性。”

“你是想找碴儿吗？”

“不是的。因为我也一样，不，我这应该算长得丑了……总之，我想说的是，很可能是有个外表与学姊神似的人在神保町出没，大家都认错了人。但是，事情只发生在周末，平日那人也会出门，却没有人会误认他是凛子学姊。这是为什么？……我认为关键就在制服上。”

高一生热切地说着。不知不觉中，社员们把书放在一旁，专心听高一生说话。

“平常我们穿着制服，这么一来，一看就知道是圣玛丽安娜学园的学生，一般人可能会注意制服，很少去看长相。那个人多半是其他学校的学生，平时穿着别校的制服走动，所以没有人会认错。”

“……原来如此。倒是有一点道理，不过就只有一点，没有两点。”

凛子不情不愿地点头。社员们虽然半信半疑，但认为既然有这个可能，只要找出那个人，事情就解决了，于是她们利用平日放学后甚至周末，走遍了书本森林神保町的每一个角落。大型书店从一楼找到顶楼，旧书店从店门找到店内，就连位于地下室的咖啡厅也不放过。

有一天，迎面走来一群身穿淡紫色立领制服的男学生。他们一共有五六个人，个个一脸斯文，却散发着难以相处的气质。只见他们互相出示新买的书，一面走一面争相议论。错身而过时，其中一个戴着金属框眼镜的娇小男生似乎大吃一惊，吓得连手上的书都掉了。凛子停下脚步，帮他捡起来。“你的东西掉了。噢，这本书我也在找呢，被你抢先一步……”说着抬起头，想将书递给对方，这下，凛子也吃了一惊。两人隔着一本书，眼镜同时打战。

这名男学生的长相像极了加藤凛子。读书俱乐部的社员内心同时闪过一句话：这才叫一个模子印出来的！原来目击情报中，凛子都穿着男衬衫和牛仔裤、和男孩子混在一起，都是因为这个同一个模子印出来的人是男生。尽管对这不寻常的状况感到十分吃惊，一干人还是围住两人，齐声惊叹，说着“好像啊”“不仅长得像，连气质都像”“尤其是爱理论和故作局外人的样子最像”。不过，说着说着，她们的话变少了。因为她们发现其他的男学生其实也和读书俱乐部的社员有相似之处，都是感觉偏狭又敏感，表情一脸不高兴。众人气愤地想：什么嘛！他们简直就是我们的讽刺画像嘛！

男学生的反应倒是与闷闷不乐的读书俱乐部相反，个个快活地笑了。他们淡紫色的制服，读书俱乐部社员也认得。那是与圣玛丽安娜学园同一体系的男校制服。

他们之中有一人自称是社长，他说五十年前学长听一位受雇为清洁工的外国老人说起女校的读书俱乐部。在图书馆一角分坐看书的几个男学生，听着老人畅谈，对他口中的读书俱乐部心生向往，便也自行以阅读为主题组成社团。“老人的名字？不知道，早就被遗忘在时光之河的彼方了。这是历代学长口耳相传的故事。这人已经不在了。不过，他倒是留下了一本书，是以古法文写的，谈论无神论的书，很有趣。”

老人曾对当时的男学生说：“在遥远的将来，总有一天你们会与那个读书俱乐部相遇，百年之后，两者将合而为一。”这段话，读书俱乐部社员并不陌生。她们想起很久很久以前的那个吉卜赛预言（百年之后，会有外来者到来……是你带来的……）。

一如这些预言，这里的“你”，恐怕就是那个死后仍具有魔力的“他”。他究竟是怎么把男生带到我们身边的呢？——众人面面相觑，担心害怕地互相耳语。

男生们单手拿着书，笑着消失在地铁站入口。而被留下来的现任读书俱乐部社员，觉得自己仿佛身处在遥远的上个世纪初，巴黎夜里刮起的那阵令人发毛的毁灭黑风中。

自那天起，加藤凛子便发烧病倒。虽然社长凛子重理论，个性强硬，但遇到打击时，最脆弱的人或许是她。为了帮助凛子，社员在她病倒的这段时间，通过网络搜寻同一体系的男校，找到社团活动的介绍网页。不愧是男校，运动性质的社团很多。而在艺文类的社团活动中，确实有一个社团叫“文艺爱好俱乐部”。她们在七八个人的团体照正中央，找到了那个酷似加藤凛子的男学生。他背后还有一个穿着白色蕾丝衬衫、老态龙钟的男人，吓了社员一跳。不过仔细一看，原来那个老人不是活人，而是一个苍老外国男子的肖像，画风就像“格雷的画像”[1]。她们将男学生的

1. 出自英国才子王尔德（Oscar Wilde）的作品《道林·格雷的画像》。——译注

脸部照片扩大打印，匿名送到新闻社，隔天立刻见报。学园喧腾一时的“加藤凛子红字事件”总算平息。少女的注意力转移到圣诞弥撒等校园活动上，这件事也随风而逝，渐渐被人淡忘。

大家都以为，这下王子所领军的摇滚乐团“人体模型之夜”受欢迎的程度将打折扣，没想到下一周，红宝石竟主动发表乐团将于年底解散的消息。原因是要到外校升学的吉他手珍珠将开始准备升学考试，乐团与学生会商量后，决定在圣诞弥撒后举办盛大的解散演唱会。凛子事件的骚动虽已结束，但由于解散进入读秒阶段，再度使红宝石的摇滚乐团成为大众的焦点。总算退了烧来上学的凛子看到这样的发展，不但不生气，甚至快活地笑了，说道：“嗯，她绝不会误判情势的。”

不久，凛子收到山口十五夜用草莓图案的信纸写来的一封长信。信中恳切地表示歉意，说自己看过报纸了，很抱歉对她心生怀疑。看了这封信，凛子摘下眼镜以手帕擦拭，深深地叹了一口气：

“结果，我还是不知道她到底是认真的，还是开玩笑。她是利用花容月貌来隐藏恶意的大坏人，还是因为太过天真善良，以致脑袋出了问题？”

听她说这些话的高一生，也跟着一起深深叹息。做出负面假设，指责山口十五夜城府深、心机重的凛子，如今开始怀疑自己的推论。相反的，高一生远远望着窗外那个完全落入红宝石手中的圣玛丽安娜学园，开始认为也许真相正如凛子的假设。凛子蹙起眉头，淡淡一笑：

“完全搞不懂吧？”

“是的……”

“但是，明星本来就是这样。”

仿佛看穿了她的心，凛子取笑着说。高一生在窗边托着腮，以从未有过的阴郁声调低声回道：“是这样吗？”

“是啊。所以，学妹，像我这么好懂的人绝对当不成明星的。戏剧社来找我的时候，我心里想的其实是这件事。”

凛子的声音出奇软弱，随时消失都不奇怪。

解散演唱会在圣诞弥撒后于中庭举行，盛况空前。仅有四个成员的“人体模型之夜”，春天时还窝在小小的理科教材室，之后，他们在近似哀号的欢呼声中飞快地度过了美好的黄金一年，毫不留恋地解散。

在解散演唱会上燃烧殆尽的红宝石之星，即山口十五夜，仿佛什么事都没发生过，在圣诞节第二天，只说了一句“……各位，我回来了”，便回到读书俱乐部。

她不理会讶异的同伴，说声“啊啊，好累”，一屁股坐在椅子上，跷起脚，翻开春天看了一半就放下的书本，仿佛她的离去不过是昨天的事。她注意到呆立在一旁的高一生，怯弱地笑着对她说：“喏，学妹，帮我泡杯热红茶好不好？我歌唱得太凶，声音都哑了。”高一生像座人体模型僵硬地走去泡茶。凛子抬起头来，没事般低声打了招呼：“你回来啦。”其他同伴也跟着或“嗯……”或“……哦”回应。就这样，十五夜又回到同伴的怀抱。高一生以颤抖的手泡着红茶，苦苦思量，觉得凭自己是不可能看清山口十五夜的真面目的。她究竟是个好人还是大坏人？是令人难以忍受的明星，还是容易受伤的青年？也许她现在只是因为吉他手引退，不得已才雌伏。一想到隐藏在她额头上的那颗圣痕般的银色星星不知何时会再度爆发，她就觉得文静微笑的十五夜像个怪物，内心暗自恐惧。然而，就在她取出收在橱柜里多时的那组茶杯时，她竟觉得安心了，心想六个人总算到齐了。她这才明白，原来自己也像凛子和其他学姊那样，像在等失踪的猫儿回家般，一直在等着十五夜归来。端出红茶后，十五夜以不复存在的“红宝石之星”的甜美音色轻声道谢。然后，仿佛疲累至极地深深坐进椅子，端起茶杯。

继承了伯爵家爱与堕落的血脉，却一直加以压抑的山口十五夜，真的是因为在春天的那一天，嗅闻了暗红色瓶底残留的米歇尔的香水，才引爆体内阴暗的旋律吗？是那甜腻的草莓香，在那瞬间包围了山口十五夜，并直达心脏，摇醒了在内向退缩的少女心中沉睡的那个人——邪恶的青年红宝石之星？

这件事该如何记载在读书俱乐部的社团记录簿中，我，高一生，代号“纸糊马头”，烦恼了许久。社长凛子从手中的书上抬起头来，取笑我说：“你啊，不用想太多，爱怎么写就怎么写。你也太认真了。”既然社长这么说，尽管还有许多不明白的地方，我决定就老实依照自己的所见所闻将事情记录下来。

创立九十年的学园，今天也吹着平静的毁灭之风。圣玛丽安娜的铜像露出温和暧昧的微笑，低头俯视我们。不知为何，我总觉得圣女玛丽安娜在遥远的过去露出的那个微笑，与置身于满足而无所求的时代中的我们脸上的微笑，有些相似。说到这里，都要归功于山口十五夜，修女不再说没个性的学生越来越多了。一个学生展露内在的另一面后，竟将学园搞得天翻地覆，这想必让修女对个性里所隐含的暴力因子感到畏惧吧。但是，无论什么时代，无论在哪一片土地上，羔羊群中总是会躲着一匹狼。

——然后，就在刚才，我因为太好奇了，便放下笔，战战兢兢地请教在一旁百无聊赖地看着书的十五夜。“学姊，你还记得那天闻过的香水瓶吗？”结果十五夜一面将红茶往嘴边送，一面以不像她的声音肆无忌惮地哼哼一笑：“对了，那时候，我闻了米歇尔的香水，看到了奇特的幻影，所以才按捺不住，冲出教室唱起歌来。我告诉你，那是个自由、低俗又可怕的梦。不过至于是什么样的幻影，我就不能告诉你了……”

啊啊，这样的话，果真是因为我把玻璃香水瓶交给十五夜，才会引发今年的异事，害得整个学园天翻地覆，害得读书俱乐部的学姊疲于奔命。那天，我不该将捡到的钥匙插进找到的钥匙孔的。在看重不出错甚于冒险的内向青年山口十五夜手中，那血一般好似在燃烧的、骇人的暗红色液体！生命的颜色，虚无的颜色，青年的颜色，爱情的颜色。说到底，这场风波都要怪我。因此，今年的读书俱乐部社团记录簿，由我——既是侦探又是罪犯、却又从头到尾与事件无涉、丑陋而无用的我——来记录，应该是最恰当的吧……

二〇〇九年度　读书俱乐部社团记录簿

主笔：纸糊马头

第五章 习性 & 实践

我们这儿寻寻那儿觅，

法国佬也翻天又覆地。

在天堂？还是在地狱？

红花侠影无踪亦无迹。

奥希兹女男爵 著

《红花侠》

二〇一九年对我等而言，是可怕的变化之年。此乃因黑暗的乐园，玫瑰色的牢狱，即我圣玛丽安娜学园，将进入倒数时刻。这是新时代的开始，也是唤来不幸的北风，但身为读书俱乐部社友，唯有接受改变，别无他法。

圣玛丽安娜学园是一所历史悠久的女校，在东京山手地区拥有傲人的广大校地，从幼儿园到高级中学的校舍均位于同一校区，唯有大学另处一地。校史可追溯至二十世纪初，是的——也就是大约一百年前的一九一九年，修女圣玛丽安娜从法国远道而来，亲手创立本校，以培育笃信天主大爱、致力于开创美好社会的女性为教育理念。一百年来，学园始终在这个如流水般不断变化的国家屹立不倒。在外人眼中，学园里的一切有如覆上一层薄纱，即使到了二十一世纪的现在，女学生的生态依然不为人知，外人只知她们是良家子女。唯有耸立于校地中央、规模媲美镰仓大佛的圣玛丽安娜铜像，映入每个在山手线车站下车的行人眼中，提醒他们学园就在这里。

跨越了两个世纪，圣玛丽安娜学园的女学生依然清纯可人，袅袅婷婷，身穿颜色柔和的奶油色制服，下至三岁上至十八岁，静静地来这所学校就读。话虽如此，信息化社会的确对女学生造成若干影响，书包里暗藏手机、电玩、音乐播放软件的少女越来越多。但变化仅止于此。女学生一头黑发或剪短，或整整齐齐地编成麻花辫来上学，外表依旧整洁又清新，令人有种错觉，即使另一个百年过去，她们依然会继续来学园上课……

话说，这一年，我等读书俱乐部竟然痛失领地，成为学园的流浪民族。由于社团教室老朽日益严重，如今连同整幢红砖建筑一起遭到封锁，有如囚禁罪犯般围上一圈又一圈的黄色胶带，景象凄惨。学园视老朽的情况会定期对校内建筑进行维修，但唯有此处仿佛被施了邪恶的魔法，让学园经营者视而不见，几十年来都遭到弃置。结果，如今建筑物已见倾斜，不仅如此，还不时会有红砖碎片散落。除了读书俱乐部社员毫不在意，持续勇敢前往外，这七八年没有任何人靠近。藤蔓密布，枯萎，又长出新的藤蔓，任其噩梦般蔓延纠缠。二〇一九年春天，新学期才刚开始，一群戴着黑框眼镜的短发学生会成员前来，在建筑物四周围上黄色胶带，拿着扫帚、铁锤和拖把，喊打过街老鼠般，将唯一的一名社员赶出来。

唯一的一名社员……

是的，在最后一年，读书俱乐部只有一名硕果仅存的高二生。三名异形学姊上个月唱着赞美诗，像是被因全球暖化而提早盛开的樱花树给推出校门一般，在粉红色的樱花雨中毕业。从此读书俱乐部便只剩下一个学妹。新学期开始后，依然没有新生加入。而此刻，就连社团教室所在的建筑物也被封锁。高二生一手拿着爱书，一手提着圆鼓鼓的书包，像遭到追赶的可悲沟鼠般逃了出来。她名叫五月雨永远。

为了拯救下楼时失手掉落的爱书，永远宛如动作片演员般纵身一跃。她白皙丰满的体形，与制服不相配到致命的程度，而她的反射神经也一如外表，十分迟钝。她从楼梯上滚下来，勉强捡起书，忍着痛站起来，然后以那双与圆滚滚的布偶体形不相配的锐利野猫般的眼神，瞪视着楼梯上的人。昏暗的楼梯上，脱落的瓷砖碎片与粉尘不断掉落，而手持拖把、架起扫帚、挥舞铁锤的学生会成员，就站在那里俯视她，眼神就像鄙视平民的贵族般冰冷无情。五月雨永远紧咬下唇，噙着泪，像怀恨的野猫瞪视着那些在学园社会中掌权的少女，然后一转身，晃动着背部的肉，沉重地跑开了。

永远自小学部便就读圣玛丽安娜学园，成绩品行都没有问题，属于文静、不起眼的学生。双亲是所谓的中产阶级。由于少子化现象使得学园门户大开，她才得以进入学园就读。永远丰满圆润的体形相当讨喜，人见人爱，却又不至于引人注目。

这或许是出自她天生的资质，又或许是她本身消极的处世之道造成的。在封闭的学园里，她不曾引发任何问题，也不曾成为注目的焦点，度过了十年平和的岁月。照理说，毕业前的这两年，她也不会有机会干下任何足以在学园正史记下一页的事迹。

二〇一九年春天，五月雨永远因为上述原因，被赶出红砖建筑。她拿着书便跑出来，一时间也不知该往哪里去。樱花早就谢了，日本因全球暖化逐渐转变为亚热带气候，这一年才春天，学园花坛的九重葛就已经性急地开花了。永远跑过盛开着异国艳红花朵的庭园，来到圣玛丽安娜铜像前。这座铜像由于太过巨大，来到近处时根本看不出是什么物体。永远一屁股坐在草地上，逞强地装出不在乎的模样，缩起臃肿的身躯，打开刚才挺身保护的爱书，像是在说："只要有书，我什么都不在乎。"闷热的风吹来，九重葛的红色花瓣随风摇曳。已经放学的女学生高雅的笑声传来。永远悄悄抬起头，只见女学生手牵着手，微笑着在小径散步，然后挑了张长椅坐下，一派开心的模样。看着她们优雅的举措，听着她们的笑声，永远的视线飘到远方。在乐天悠闲的环境中生长的永远，与洗练这个字眼相去甚远，属于朴质一派。

在学园中，她就像混在圣诞火鸡中的一片北京烤鸭，使她偶尔感到坐立难安。在这个封闭的乐园中，少女们视美为至高无上的价值。光是肥胖这点，就足以令永远感到一丝惆怅，认为自己的存在似乎没有太大价值。家人与朋友一定做梦也想不到，总是笑嘻嘻的可爱的永远，心中竟然怀着这样的忧郁。“嗟！”永远轻轻啐了一声，视线又落到手中的爱书上。然而，那些坐在长椅上，或在小径上漫步的女学生的轻声，令她们如花似玉的脸蛋绽放笑颜的细语，不去听也自动钻进耳里。

少女们自去年秋天起便热烈谈论一则传闻。此刻传进永远耳里的，正是这个话题。

传闻的主角，便是少女们口中那位英勇的“九重葛君”。

“九重葛君”，自然不是这名学生自封的称号。她——不，在女学生之间，她已经成为崇拜的对象，在这个只有少女的学园里，已经被赋予“伪男子”的角色，因此称“他”或许较为妥当——他，似乎是个低调谦抑的人，从不在女学生面前现身。不过，对那些自己帮助过的少女，他必定会留下一朵九重葛。

这些年，少女们开始将手机和音乐播放器带进学园，互相以电子邮件传递优雅的对话，或是以音乐播放器聆听古典音乐。然而对修女们而言，这是场令人头痛的硬仗，要与文明——亦即堕落——对抗。修女们比上一世纪更加严格执行随身物品的检查，以致学生好不容易才入手的最新型号手机等物品经常被没收。但奇怪的是，打去年秋天起，被没收的物品竟在不知不觉中回到伤心叹息的主人身边，出现在抽屉里、鞋柜里、书包里。而物归原主的物品旁边，必定会附上一朵九重葛。

不久，风声传遍整个学园。看来一定是某个勇气可嘉的学生趁修女不注意，潜入教官室偷出来的。但是，这个勇敢的学生是谁？是谁？究竟是谁？传闻如桃色金鱼拖着长长的尾巴挥洒开来，在学园上空化为白日梦的轻纱，飘动不停。由于通信技术发达，使得这个世界越来越小，少女开始对“即使科技进步仍看不见、摸不着”的事物怀有淡淡的憧憬。这位看不见的英雄究竟是谁？为何奋不顾身地帮助我？她们怎么想也想不通。未知化为神秘，催生流行。首先是美术社，她们共同制作了一幅巨大壁画，描绘潜入教官室的“九重葛君”想象图。画中是一名拥有忧郁美貌与修长肢体的惆怅美青年。前来美术室参观的学生大排长龙，甚至有人看得如痴如醉，泪流满面。接着新闻社也不甘示弱，铆足了劲儿展开连日报道，详细列出被没收的物品与归来的时刻，并附上物主的感谢声明。她们更进一步自行推理，列举出几名可能的“九重葛君”人选。基于他必须是美青年的默契，这几名人选清一色都是美貌少女。其中一人——学生会的短发美少女黑梦兰子——面对新闻社的麦克风，对此疑云付之一笑。“无论是出于什么理由，窃盗都不可原谅。学园秩序不容那些滥情的半吊子正义感破坏。

学生会必定会逮捕这名犯案累累的不知名学生，让她退学！”这篇报道一见报，黑梦兰子的人气立刻一落千丈。只要她走在走廊上，便当里的煎蛋、小番茄，运气不好的时候连脏鬃刷都会飞来，使她无法优雅地在教室外行走。不过对于众人的厌恶，她并不屈服，每天都以东西扔不中的飞快速度，勇敢地穿越走廊。疾走的美少女所经之处，必定散落一地莫名其妙的物品。后来修女找出扔东西的少女，加以严厉处罚，这件事才渐渐平息了。

继学生会的美少女兰子，下一个受到怀疑的是戏剧社。可望成为下届王子的曾我枣是正统派美女，当新闻社的麦克风凑到她面前时，这个贵族出身、黑发及腰、脸蛋宛如日本人偶的女孩既不承认也不否认，只是盈盈微笑。这下一来，更加重了“可能便是此人”的嫌疑，给了少女们一线希望。新闻社努力寻找足以证明她是“九重葛君”的证据，试图查明这场骚动的真相。其中一个社员故意让修女没收自己的东西，然后监视曾我枣。然而，就在曾我枣在体育馆和社团伙伴一起做发声练习的同时，物品和一朵九重葛回到了新闻社社员的鞋柜。哎呀呀，不对，不是她。第二天报纸刊登了这个消息，学生们都很失望。而曾我枣宛如日本人偶的脸蛋依旧带着浅浅的笑，她既不承认也不否认，只是微笑着。

那么，是谁？没有落入新闻社撒下的罗网，身手利落地偷出东西，物归原主的“九重葛君”究竟是谁？自觉颜面扫地的新闻社为了挽回社团尊严，找遍整个学园。

在此之前，她们一直深信对象是高中部学生，现在则将罗网扩大到初中部。是谁？是谁？究竟是谁？少女炙热的情感得不到响应，不久便衍生了怒气。由于太倾心于这个素未谋面、底细不明的青年，短短的冬天结束后，竟有人开始由爱生恨，在厕所墙上写下中伤他的涂鸦。但有人反对，也一定有人支持。支持者拼命消除这些涂鸦。后来广播社也来凑热闹，主张新闻社本身最可疑。午间广播的DJ指出，九重葛君恐怕就躲在新闻社内部，所以新闻社才逮不到人。DJ越说越起劲，越说越不知所云，但这番话具有不可思议的魔力，少女们立刻感染了她的兴奋。啊啊，可是，这也太吊人胃口了！你究竟在哪里？我们是如此如此渴求你的出现。你不出面，就不要怪我们恨你。你不愿现身，就不要怪我们为难你。我们的恨，是你自己招来的……九重葛君……

因为有这一层缘由，在这个春日——刚被人从破大楼赶出来，孤零零的，被迫从事“青空俱乐部”户外活动的高二生，那个总是乖巧的、笑容满面的五月雨永远，正靠在圣玛丽安娜铜像脚边无所事事翻着书时——钻进永远耳里的传闻，自然与“九重葛君”

有关。她听到了针对这位无形英雄的臆测、憧憬，以及憎恨、憎恨与憎恨。今年和过去不一样了。去年以前，永远总是待在社团教室和学姊一同讨论文学，过着与世隔绝的学园生活；也和今年初不同，那段短暂的时光里，她独自在社团教室沉浸于书海中。一直要到此刻，处在杂音环绕的环境，她才终于明白一个可怕的事实！……明白自己就是众人口中的“九重葛君”，明白自己受到少女憧憬、追逐与憎恨。虽然传闻总是不经意便钻入耳内，但在事态如此严重之前，永远一直没有察觉到。永远手上的书掉了，松软多肉、温和的脸庞抽搐着。

“怎么会这样……”

自震惊的永远手中掉落草地上的书本，被风翻动了书页。那是奥希兹女男爵所写的《红花侠》古英文原文书。

时值十八世纪后半。法国革命使得全欧洲卷入动乱的旋涡，遭共和政府逮捕的贵族们连日来化为断头台上的露珠，一一消逝。革命或许是正义，但流的依旧是人血。

由一干英国贵族青年组成的“红花侠”团体，利用神乎其技的化装术，化为老乞婆，化为军队，以出奇制胜又胆大包天的办法，陆续营救法国贵族，带回英国。而他们每次救出一个人，便会留下一朵奇特的红花。但是，这个秘密组织的首领叫什么名字，是英国人还是法国人，并没有人知道。贵族千金崇拜他，包括皇太子在内，每一位美青年贵族都被怀疑过。是谁？是谁？究竟是谁？英雄究竟是谁？

“先生，在我们英国，只要提到‘红花侠’这个名字，所有的美人儿便会兴奋得脸颊绯红。但是除了他忠心耿耿的部下，没有人见过他。谁也不知道他是高是矮、是金发是黑发、是俊美是丑陋，但我们知道，他是全世界最勇敢的绅士。”

这就是英国社交界的话题人物红花侠。永远十分欣赏这位英雄。有一双野猫眼睛的永远一直认为，相比成为美女，她宁愿当一个勇敢的人。而那位不愿现身的英雄红花侠一再涉险的理由，也打动了永远的心。

“是运动啊，伯爵夫人，就是运动。您知道的，英国国民都热爱运动，而眼下最风行的，便是将野兔自猎犬的利齿里解救出来。”

“据我所知这可是至今最好的运动了——在千钧一发之际逃脱……情势奇险无比！……预备！起……我们溜之大吉！”

与轻浮仅有一线之隔的台词，在永远心中震荡不已。因为她与故事中的青年贵族一样，同样生活在得天独厚的环境中，过着令人昏昏欲睡的平和日子。在故事中段，红花侠首领的真面目呼之欲出，作者是这么形容的：

“傻里傻气、插科打诨的面具塑造得十分成功，演技更是完美无缺。一个是智勇双全——将英法两国的王牌密探耍得七荤八素——的神秘男子，另一个是乍看之下脑袋空空的傻蛋，难怪间谍也看不穿他。”

红花侠首领竟是一名外表傻不愣登的青年。事实上，永远对这位英雄有一丝崇拜之情。去年，一个同班同学——永远的好友——心爱的音乐播放器被修女没收，伤心得哭了。基于同情，永远设法潜入教官室，悄悄取回被没收的物件还她。因为一时调皮心起，她还附上一朵受全球暖化影响、在秋天依然盛开的九重葛。在那之后，一方面是因为潜入教官室紧张刺激，再来是同情东西被没收的同学，她便抱着半恶作剧的心态一再冒险。她一直没有发现，原来自己一点点的善心、秘密的冒险，这小小的运动，竟然造成了轩然大波。

这一天，五月雨永远被学生会拿着铁锤、扫帚赶出社团教室，直到来到外头，她才发现这阵骚动，惊慌不已。用不着照镜子，她也知道自己绝非学园里大多数人期待的英雄。那些爱做梦又残忍的良家子女，爱美胜于一切。永远自己也是个少女，她深知自己圆胖的模样虽然讨喜，但作为英雄，可就不称头了。自己滑稽的外表不要说“英勇杰出”“忧郁惆怅”，甚至连一般的“悲伤”字眼都不配。一想到这儿，她的心情就沉重起来。永远忍不住开始想象大失所望的群众认为她不该多事，愤而将她送上断头台的画面。永远确实脑袋灵光，有时也很勇敢，但笨重的身体十分迟钝，体育成绩总是最后一名。像学生会美少女那样在漫天飞舞的煎蛋之中精彩地穿越走廊的本事，她是万万学不会的。永远膝盖打战，捡起书的手也发着抖，站起身子却站不稳，只好靠在圣玛丽安娜的铜像上。铜像似乎在对她密语，鼓励她打起精神。

她以为是自己神经过敏，勉强振作起来，动作僵硬地向前走。走着走着，只听见学园各处如噩梦般涌现的奶油色制服少女们，每双嘴唇都毫不餍足地谈论有关自己的传闻。“啊啊，他会是多么高贵俊帅的人呢！”“要是和他四目相交，我一定会晕倒。”

“到现在还不肯现身，实在太可恨了！我最讨厌九重葛君了！”甜美的声音、痛苦的声音、恋爱的声音、厌恶的声音。永远原本独自享受的运动、秘密的探险，曾几何时，已经被那些寻找永远的少女据为己有了。眼看着众人为了找出自己而四处张望，对于不想出风头、不希望在学园出名的永远来说，这使她的心有如铅一般沉重。

永远垂着头走向正门，一路上比平常更提防、更低调。因为沮丧消沉，她的野猫眼睛黯淡无光。永远的脚步越来越快，然后变成小跑步，最后甚至如呼万岁般双手高举，喷射般全力狂奔。穿过正门时，她剧烈地喘着气回过头，含着泪仰望高中部浅桃色的校舍。

“明年将改制为男女合校。全新的圣玛丽安娜学园欢迎您！”

写着一手美丽黑体字的布条挂在校舍上，在亚热带湿暖的春风中摇曳。永远细小的眼睛眯得更细，大口喘着气。历史悠久的圣玛丽安娜学园仿佛即将自玫瑰色的百年酣梦中醒来，从第一〇一年的春天起，将与同一体系的男校合并，改为男女合校制。这个消息，就连不问世事的永远也知道。由于少子化现象与社会价值观的改变，这几年不管是男校或女校都只减不增。以往，社会上明显的男女性别差异，如今也渐渐拉近距离，学校运作方式也随之改变。至今，反对与男校合并的校友依然很多，但对于学园，永远没有什么坚持。的确，一想到这少女的花园竟然会有野蛮的男生入学的一天，实在叫人难以相信，但永远想象得到，那些爱做梦的少年一定也会以这间学园里有如桃色金鱼的淡淡梦幻为粮食，以不切实际的甜美传闻为滋养而活吧。再说，她的小小冒险引发的大事，已经占据了永远所有的心神，她没有心思去管男女合校的事了。出了校门，永远仍是高举双手，以“山呼万岁”的姿势摇晃着赘肉向前冲。

东京上空是带着一抹紫的亚热带暮色，城市里弥漫着略带甜味的潮湿空气。二〇一九年，信息的发达使万事更加便利，但人们的生活并没有多大改变。只不过因全球暖化，气候更为闷热，每当南国的蚊虫、惊人的巨大苍蝇，甚至蝙蝠大量滋生，新闻报道便要热闹一阵子。

五十年前的同一个季节，充斥东京的年轻气息、动乱氛围已然不再，城市里只有数量不多的老实年轻人、忙碌中年人，以及精神健旺的老人来来往往。这些年来，老人普遍非常健康，坚守工作岗位。他们在街上神气活现地昂首阔步，年轻人则温顺让路。

圣玛丽安娜学园的世界依旧与时代氛围无关，或许明年剧烈的变化将席卷这座封闭的乐园，但至少今年，少女们不管在学园里、在家里仍是备受娇宠，一如战前的贵族千金，过着优雅恬静的日子。

少女花园的最后一年——即二〇一九年的圣玛丽安娜学园——最受瞩目的梦幻青年“九重葛君”，自这一天起，仿佛融化在桃色天空中一般，消失得无影无踪。

一心渴求他、崇拜他的女生前仆后继地故意让修女没收物品，银色、粉红色、橘色的小机器立刻在教官室堆成小山。少女满心期待，不时查看抽屉、鞋柜和书包，但不要说她们的物品了，连一朵花都没看见。九重葛君到底上哪里去了呢？

少女们感到纳闷不解。有人想起来，有位高三生因双亲的工作因素刚转学至欧洲，她可能就是九重葛君的传闻立刻满天飞。新闻社为了证明这个假设四处查探，广播社也干劲十足，狂打国际电话试图一探究竟。一个月后，在真相不明中，喧闹逐渐平息。至于九重葛君本人，五月雨永远，则是缩起她布偶似的身躯，可爱的脸蛋因苦恼而痉挛抽搐，躲在中庭一角埋头看书。

“五月雨同学，为什么你只要听到九重葛君的名字就吓得跳起来呢？”

某天放学后，永远拿着书包正要走出教室，一个同班同学叫住她，正是长得像日本人偶的美貌戏剧社少女，曾我枣。立志要当女演员、在学园里中耀眼夺目的她，与老实不起眼的永远，其实是自初中部以来的同班同学，是亲密的好友。此刻，看到永远不解地歪着头，枣打趣地说：

“九重葛君？”

永远立刻像被踹了一脚般跳了起来。枣嘻嘻一笑，低声说：“即使像五月雨同学这么冷静的人，也会在意他吧。他果真是个英雄。”说完她忧愁地托起腮，花容月貌一反往常，显得郁郁寡欢。

“你有什么心事吗？”

“嗯，就是九重葛君呀。戏剧社正在讨论圣玛丽安娜节要演出的戏码。本来是准备依照往年惯例，演《罗密欧与朱丽叶》的，但是得更改作战计划了。”

“更改作战计划？原来你们有作战计划啊？”

“当然呀！毕竟今年是最后一届的圣玛丽安娜节。明年，就会有野蛮的男生进来，把我们的乐园污染成丑陋的土黄色。戏剧社自成立以来，就一直肩负着全校学生的梦想，演出与俊美青年的恋爱、少女的真情、不愿屈就命运的私奔……在学园里，我们可是责任重大。”

枣陶醉地喃喃细语。永远有些茫然地听她诉说。

“可是，五月雨同学，明年戏剧社就会有男生加入了。这么一来，男生的角色就要由男生来演了。”

“那有什么不好？男生本来就是男生啊。”

“才不要呢！你想想看，那些野蛮坏心的男生一定会嘲笑我们喜爱的故事呀！笑我们的王子公主、爱情的悸动。啊啊，我最讨厌男生了！”

枣的脸蛋蒙上忧郁的阴影。

“所以呀，今年是最后一次全员由女生演出了。既然是最后一次，一定要盛大举行，一定得是个再精彩不过的演出，让我们的梦想在那一天、那一刻在舞台上完结，然后大家一起倒地而死……喏，你懂那种心情吗？五月雨同学？”

“这个嘛，我参加的是悠闲的读书俱乐部，所以不是很明白……”

“哎，悠闲真好。遗憾的是，主掌梦想的人可是责任重大。而且，今年还邀请校友妹尾议员当贵宾。啊啊，这下非多下点功夫不可。”

妹尾议员在圣玛丽安娜学园的校友当中，是屈指可数的名人。她在五十年前毕业后，应届考上东大，曾任财经官员，目前则是保守党议员，是名杰出女性。无论在学园内外，她的大名无人不知无人不晓。曾我枣拿着笔烦恼不已，她转向永远，自言自语般喃喃说道：

“其实，我们正在考虑把九重葛君的故事搬上舞台。他一定是个英姿飒爽、丰神俊美的青年。可是，一旦要开始进行，却没有人能具体描述他是什么样的人，大家都好烦恼。因为没有半个人见过他呀！该如何描绘他呢？真叫人头痛。”

“天晓得他俊不俊美，既然使他成为英雄的是他的作为，他的外貌就不是重点。搞不好，他长得十分平凡也不一定。”

"哎呀，怎么可能……"

看到永远一反往常，强而有力地议论着，枣深感不可思议。永远又继续说：

"我认为，他重视勇气胜于肉体的美丽，也一定热爱寂静胜于荣光，喜好平淡胜于变化。他的所作所为，对他而言，不过是一点小小的亲切，是种运动，是件微不足道的小事，一定是的，所以他才没有署名。"

说完这些话，永远便转身离去。

被留下来的曾我枣莫名地被永远的表情吸引，忍不住站起身目送她离去，然后，她小声嘀咕："……不会吧？"她摇了摇头。第二天放学，枣又问永远："你觉得九重葛君是什么样的人？"永远不感兴趣地叹了一口气，但既然被问到，也只好回答。枣边听边做笔记，然后回戏剧社找学姊、剧作家讨论。神奇的是，每当她和个性老实、体形有如布偶的同学五月雨永远说过话后，原本难以捉摸的九重葛君的形象便越来越鲜明。戏剧社社员也开始觉得，仿佛认识这个人，能够了解他的精神。

曾我枣十分困惑。有一次，当永远回答了问题，准备离去时，枣抓住了她的手腕，低声问道：

"难道是你？"

永远脸色大变，如脱兔般转身逃逸。枣追着她跑过走廊，抓住她奶油色制服的衣领。“告诉我，不然我们的舞台剧就要功亏一篑了。如果你就是九重葛君……不，不是也没关系，请告诉我，他究竟是怎么潜进教官室的？怎么样才能轻松取回被没收的物品？拜托，没有得到答案，戏就编不成了……”永远回过头来，凝视着苦恼的枣。枣注意到她的双眼里有着畏缩和犹豫。“你一定很担心吧？！我绝不会告诉任何人你就是九重葛君。因为一说出去，魔法就解除了。你是个好女孩，大家也都喜欢你，可遗憾的是，你不适合当备受景仰的英雄。看看我，这才是英雄应该有的样子。我才是九重葛君，他是只有我能扮演的角色。”永远凝视着充满自信、熠熠生辉的枣，死心地微微一笑，小声说出真相——潜入教官室的秘密方法。枣惊讶地倒抽一口气：“原来这么简单……”“嗯……不过，告诉你以后，这招就再也行不通了。”永远喃喃地说完，便摇晃着肥肉，咚咚跑走了。

不仅是戏剧社，许多社团都以话题人物九重葛君为设想，进行各种策划。寻找九重葛君的疯狂热潮已经告一段落，如今九重葛君对学园里的少女而言，就像是一个象征，已经脱离实体，演变为传说。运动类社团里，网球社率先穿上南国花朵图案的网球装，追逐红色的网球。后来足球社、垒球社、篮球社也感染了这份流行，纷纷将球涂成红色，或踢或扔或投。艺文类社团也不让她们专美于前，诗歌研究社以九重葛君为题吟诗作对，每到午休便在走廊上朗读新作。少女们围坐成一圈，听诗听得如痴如醉。没有半个人发现，这整件事其实是源自欧洲的经典小说《红花侠》。九重葛君就和《红花侠》一样，化为故事中的人物，引发不可思议的盛况。也许是“今年是最后一年”这份消极的亢奋推波助澜，大家都渴望令人振奋的事物，于是便以瀑布般的惊人势态，大举消费梦幻的青年九重葛君。即将于六月举行的圣玛丽安娜节，不知不觉已染上他的色彩。戏剧社的公演戏码是九重葛君，声乐社也要演唱歌颂他的赞美诗。如此这般，在六月的最后一个周末，受邀来参加圣玛丽安娜节的贵宾妹尾议员，一穿过正门便受到“九重葛君狂潮”的洗礼。议员一身剪裁得宜的套装，半白的短发以发油固定，油亮的额头闪着光，以俨然中年男子的姿态踏进学园。看到眼前的光景，她打从心底感到诧异，便问修女：

“修女，这究竟是在闹些什么？”

“今年很流行九重葛这种花呢。您看，花坛上也是。可能是受到全球暖化的影响，花开得格外茂盛。”

修女也不清楚学生间发生了什么事，回答得茫无头绪。妹尾蓟议员表情更显讶异，她在贵宾室接见学生会成员时，又一次发问：

"喂，你们几个，那是怎么回事？"

学生会成员眉头深锁。无奈之下，只好由黑梦兰子代表，万分不得已地做了说明，解释自去年秋天忽然出现，到了来年春天又骤然消失的神秘怪盗一事。对学生会这群"学园里的政治家"而言，妹尾议员是她们崇拜的校友，在她面前提起九重葛君的事，实在是一大屈辱。然而，听着她们的解释，原本一脸不悦的妹尾蓟议员脸上竟开始浮现笑容，像是听到了有趣的事。学生会的人一走，她便招手叫修女，小声问道：

"请教一下，读书俱乐部现在怎么样了？"

"您是说读书俱乐部吗？您怎么会问起那个不起眼的社团呢？"

"很久以前，我正是那不起眼的社团的一员呢。"

妹尾议员又笑了。在遥远的过去，她曾在学园的边境称王。那一天，她听到少女们野兽般地齐声大喊"去死"。后来她收起眼泪，低着头毕业，走进东大那扇火红的门；长大成人后，她成为财经官员，谈过唯一一场真正的恋爱，只可惜年轻时便与挚爱的丈夫死别，恢复妹尾旧姓，步入政坛……时光的走马灯匆匆转动，妹尾议员仿佛遭逢强烈的魔风吹袭，一时眯起了眼睛。

"她们过得还好吗？干了什么荒唐有趣的妙事吗？"

“没……没有。最近人数减少了，如果我没记错的话，今年应该只有一个社员。她是个很老实的孩子，要我叫她来吗？议员？”

“嗯，麻烦你了。”

即使是圣玛丽安娜节，五月雨永远仍是独自一人待在中庭，以一副“只要有书我什么都不在乎”的姿态看着书，结果一个丑小妖般的修女飞身而至，抓住了她。

正好在同一时刻，体育馆里正在进行戏剧社的公演《英勇的九重葛君！》，狂热的观众挤得场内水泄不通。担任主角的曾我枣高亢的尖声，也传到永远的耳里。

“对我而言，这是运动。自猎犬的獠牙中抢走野兔是多么愉快！这才叫紧张刺激啊！”青年九重葛君竟说出这般轻浮的言语，令观众发出一阵低沉的鼓噪。接下来这一幕，则是戏剧社的制胜点。“……而爱情，也一样紧张刺激。与你相遇，同样挑逗了我的心。”九重葛君在少女面前跪下。一瞬静默之后，如雷的掌声与娇嫩的欢呼撼动了整座体育馆。曾我枣饰演的青年九重葛君，成功抓住了大众的心。欢呼声当然也传进永远耳里，但她对这类出风头凑热闹的事不感兴趣。此刻的她害怕不已，不知道会被带到哪里去。就这样，像个布偶的永远被修女硬拖着，扔进了贵宾室。妹尾蓟议员抱着双臂站在窗边，她转过头，居高临下地看了那个像颗球一样滚进来的学妹一眼，哇哈哈地大笑，劈头就说：

“九重葛君一定是你，是不是？”

她不容分说的语气，让永远吓得跳起来。

“再怎么想，这都是现代版的《红花侠》。会做出这种异想天开的事，除了读书俱乐部社员，没有别人了。而且社员今年只有你一个，你还是单独犯。我还没见到你就知道了。被我说中了吧？”

“……您说得一点也没错，是我。”

永远死心认罪了。对方年长她五十岁，还是担任保守党议员的女中豪杰。永远无法像面对戏剧社少女那样装蒜。凡是被问到的问题，她无不老实回答，诸如为寻求小小刺激的行为意外酿成骚动，自己和英雄形象相差十万八千里，是个老实爱偷懒的人，等等。然后话题转移到读书俱乐部上头，她提起社团教室连同整座建筑都遭到封锁，明年起因男女合校，自己恐将成为这个纯粹由少女组成的异形读书集团的末代社员。听到社团教室遭到封锁，妹尾蓟议员的表情微微蒙上阴影，落寞地问：

“那么，那些社团记录簿也被留在封锁的建筑物里吗？等建筑拆毁，也要跟着消失了？唉，这就是百年后一切如梦吗？”永远歪着头，注视着年过六十许久、看似难以亲近的保守党议员那张爬满皱纹与黑斑的脸。永远太年轻、太内向，她以为自己绝对无法理解大人的心，也不想去理解。身为社会的弱者，她出于本能，对眼前难以亲近的掌权者议员有所警戒，但这一瞬间，她跨越了时光这道洪流的隔阂，感觉到她们其实是同伴。这时候，修女前来请议员上台致辞。妹尾蓟议员慢吞吞地站起来，又恢复难以亲近、眉头深锁的表情，低声说："那就这样了。保重啊，最后的读书俱乐部社员。"她离开了贵宾室。被留下来的永远歪着头，思索片刻，然后一转身，撒开腿在走廊上跑起来。

体育馆内，《英勇的九重葛君！》正要迎接高潮。"你究竟是怎么取回我的宝物的？"九重葛君对如此询问的女人，吐露了他的秘密——就连曾我枣本人也出乎意料于潜入教官室的办法，但女人出卖了他，将秘密泄露给敌军，于是可怜的九重葛君被捕了。他没有责怪女人，只是喃喃地说："这场运动是我输了，我不恨你。"

全场观众看得热泪盈眶。而剧中另一个女主角，一直在暗中关怀九重葛君的痴情少女，最后以同样的方法勇敢地潜入牢里，救出了九重葛君。九重葛君与陷害自己的毒妇恩断义绝，在痴情少女身上找到了真爱！鼓乐齐鸣，舞台在高潮中落幕。一直在舞台侧翼咬牙切齿看着戏的学生会少女黑梦兰子，在幕布落下的同时往地上一蹬，如黑豹般敏捷跃起。只见她轻巧地降落在舞台中央，大声喊道："负责人是谁？"饰演九重葛君的曾我枣回头，挺胸举手回答："就是我。""果然是你搞的鬼！你怎么会知道九重葛君的秘密？要是不知道，不可能写得出这样的剧本。这出戏太过真实了，可见怪盗就在戏剧社里！莫非，莫非，你真的就是九重葛君？"

"不，我不是。我只是一个演技出色的女演员。我的确知道怪盗是谁，但我绝不会告诉任何人。"这场公演成功落幕，而这恐怕也是最后一次由少女饰演青年的机会。为了维护《英勇的九重葛君！》这部作品的神秘感，枣挺胸做出这番宣言。

既然历史即将迎向终点，既然桃色梦幻乐园即将消失在时光的隙缝中，那么枣希望能够在最后的节日，成为传说的青年。另一方面，热爱秩序胜过一切的黑梦兰子认为，使学园的营运正确执行到最后一刻，才是自己名誉之所系。黑梦兰子与曾我枣，两名为信念燃烧的少女，两张美丽的脸蛋，火星四迸地瞪视对方。这时，谢幕的时间到了，幕布缓缓拉开，两名少女出现在观众面前。观众倒抽一口气，抬头看着舞台聚光灯下互相瞪视的少女。

同一时间，正牌的九重葛君本人——揭开谜底后，那布偶般的外貌肯定令人扫兴的五月雨永远——正咚咚有声地跑过体育馆。没有信念这个沉重负担，身材丰满的永远脚步如鸟儿般轻快。

永远笔直地跑向那幢令人怀念、遭封锁的红砖建筑。

大楼今天依然被黄色胶带围绕，学生会的几个高一生站在那里看守。永远迅速套上厚厚的黑衣，变身为修女，走上前去。“各位辛苦了。我要到里面检查。”她沉着地这么说，穿过胶带，轻而易举地进入建筑中。这就是五月雨永远告诉曾我枣的那个九重葛君的秘密。永远一直是以这个再简单不过的办法，从教官室取回少女被没收的物品。布偶体形的她穿起奶油色制服会引人侧目，但一换上修女的服装，马上化身为丰腴的成年修女，没有丝毫惹眼之处。变装后的永远轻易进入学生无法越雷池一步的禁区。不过，这个办法在戏剧社上演《英勇的九重葛君！》之后便立即失效，但此刻在红砖建筑前看守的学生会高一生应该还不知道。因此，永远堂而皇之地突破看守，进入半崩塌的建筑，大步爬上楼梯。楼梯摇摇晃晃，永远每走一步，便有瓷砖碎片自上方掉落。建筑物有如演出完毕的舞台道具，毁损得非常严重了。宛如历经了百年岁月，比学园本身早一步自桃色梦中醒来，仿佛只要吹起一阵风，整座学园，历史，少女的眼泪、喜悦、残酷，一切的一切，都会化为干涩的尘土，随风而逝。

楼梯左右摇晃，随时都会倒塌，但永远毫不畏惧地往上爬。损坏的地球仪、阳台布景、堆积如山的老旧戏服，这些奇妙的废物宛如失控的浪漫噩梦，从天而降。

阳台布景擦过永远掉落在楼梯下方，轰然四散。好几件旧戏服纠缠在一起，仿佛有恶灵穿着它们扑向永远，绊住她的手脚。地球仪一圈圈转动着，直线掉落。永远有如单独进军的士兵，毫不畏惧地前进。一到三楼，她直直走过中午时分仍一片昏暗的走廊。社团教室暗红色的铝门，在黑暗中犹如反光的内脏显得湿亮。写着社名的木制门牌歪了，分明没有风，却不祥地摇晃着。永远吞下一口唾沫。这时候，远远地从体育馆传来妹尾蓟议员的演讲。

“在这最后的一年，能获邀担任贵宾，我十分荣幸。”

声音透过麦克风强而有力地响起。

“五十年前，比你们出生还要早上许久，我从这个学园毕业。当时学运盛行，正值神田拉丁区斗争的火拼季节，年轻的你们想必不知道我在说什么吧。没关系，因为时间是不会停留的。若你们正挥舞着属于自己的历史小旗，那好极了，因为那只属于活在当下的你们。”

永远不经意地听着，伸手开门。

远远听来，蓟议员的声音苍老沙哑，但充满自信。

“我一毕业，便离开了圣玛丽安娜学园，这个只属于多愁善感的少女的乐园。后来成为社会的一员，因为太过忙碌，也因为找到了心爱的伴侣，与在学园里认识的朋友各奔东西。我们虽同样身为女人，却因为各自的选择，渐渐走上不同的人生道路。我们对生活有了不同的信念，有时候会因此与昔日好友背道而驰。就这样，时间过去了。我们有些人走过了平凡幸福的人生，有些人选择了大起大落的人生。有些人子孙满堂，也有些人像我一样，膝下犹虚。我们长大成人，进入社会，各自受到污染，堕落，容貌也发生了改变。我们无法保有一颗纯真的心，有些东西一旦失去，就永远不会回来了。现在在座的年轻的各位，总有一天，你们也会得到人生中无可取代的东西，但另一方面，外界也会毫不留情地夺走一些不能失去的东西。但是——”

永远打开门。读书俱乐部的社团教室还是老样子，尘埃密布，充塞着书籍的霉味。永远颤抖的手伸向电灯开关，橘光晕黄地照亮室内。

“但是，不必害怕，因为我们具有无穷的可能性。无论世界如何改变，无论毁灭之风多么强劲，存在我们女性心中那有意志的自由，是绝对不会改变的。”

永远迅速找出藏在教室各处的读书俱乐部社团记录簿，揣在怀里。这些记录簿都以不起眼的封面掩饰，藏在其他书之间，以免被学生会发现。这些黑暗的社团记录簿，是历代社员抱着半好玩的心态，将没有机会留在圣玛丽安娜学园正史中的珍奇事件记录下来的。百年后的今天，随着事件的增加，累积了不少册数。永远灵巧地将沉重的社团记录簿藏在黑衣内，然后，环视即将永别的这间昏暗冷清的教室——多年来供异形少女暂时休憩的场所。她仿佛能看见各个时代、各种类型的异形少女，坐在桌上、椅上，喝着茶，默默地翻阅书籍，偶尔激动议论的幻影。耳语声，翻书的沙沙声，红茶杯盘的碰撞声，清脆的笑声，沉闷的叹息声。同样身穿奶油色制服，却与这个世界有些格格不入的少女们，有的美，有的丑，有的因悲伤而颓丧，有的因幸福而雀跃。以及，长久以来，在她们上空飘浮的、来自遥远的过去、有着一双紫色眼眸的他。异形者的百年黑暗历史，跨越了不同的时代，即将落幕。

蓟议员的声音仍持续着。

“当你们失去了希望，就互相帮助、互相扶持吧！让我们相信未来！让我们无所畏惧地活下去！”

永远想到即将要与社团教室告别，心中感到一丝悲伤。她掉了一滴眼泪，但要自己不要留恋过去。她猛然转身，离开那间令人怀念的社团教室。跑吧！不要回头，不要难过！然后，将这些社团记录簿，送到往昔的同伴身边……

此时，蓟议员的演讲结束了。

“年轻人，谢谢你们听到最后。祝你们拥有美好的人生。”

永远像风一般跑下楼梯。

妹尾蓟议员的演说一结束，在体育馆里的学生便被外头传来的巨声给吓了一跳。

爆炸般的轰声，以及可怕的地鸣，令人以为世界末日就要来临了。众人吃惊地跑出体育馆，只见在树影摇曳的杂木林之后，本应存在的建筑物消失了，激起了浓密的粉尘，直达天际。圣玛丽安娜的铜像似乎也受到惊吓，看似略微后仰。这时，只见系着学生会臂章的高一生以双手高举的万岁姿势跑来，大喊着红砖大楼刚才倒塌了。原来是这么回事。众人赶过去一看，一直矗立在那里、入春以来便遭到封锁的古老红砖大楼，仿佛遭到无形的炸弹攻击，化为碎片，一楼部分的钢筋裸露出来，左右摆动；瓦砾堆里可见旧戏服、坏掉的地球仪、大大小小的舞台布景。光怪陆离的景象，宛如爆炸的狂风吹来了某个人的浪漫噩梦。学生会高一生七嘴八舌嚷嚷着，说有个修女才进入建筑，可能被压死了。修女们连忙集合起来，以颤抖的声音点名报数。“一”“二”“三”“四”“五”“六”“七”“八”“九”“十”“十一”“十二”……报数继续下去，神奇的是，所有修女都在，没有人进入红砖建筑。学生们面面相觑，回想起刚才在戏剧社的公演上看到的九重葛君的秘密。“他出现了。”“是九重葛君！”“可是，他为什么要进入这栋大楼呢？”“他死了？”少女彼此对望，像一群小鸟叽叽喳喳地私语。

蓟吃惊地望着倒塌的建筑，然后猛然背对瓦砾堆和阵阵骚动，快步走开。她的背影微微颤抖，显得若有所失，又好像在生气。独自回到贵宾室的蓟议员，发现自己放在沙发上的公文包，不知为何，竟变得浑圆鼓胀，犹如先前接见的那位最后的读书俱乐部社员的体形。蓟议员十分讶异，顶着油亮亮的额头，伸手拿起公文包，一打开，里面掉出一朵九重葛。蓟议员惊呼一声，上身后仰，手连忙探进公文包，发现里头竟塞满了过去那些令人怀念的社团记录簿。蓟议员不禁捧腹大笑。蓦地抬头，只见一个丰腴的修女直挺挺地站在窗外，那双野猫般的眼睛注视着贵宾室，一和蓟四目相交，便害羞地低下头，背对校舍咚咚跑走了。

“《红花侠》啊……”蓟眯起细细的眼睛笑了。

然后像唱歌一般和着旋律，调皮地吟道：

“千钧一发之际逃脱……情势奇险无比！……预备！起……我们溜之大吉！”

然后再度换上一本正经的表情，关上公文包，不理会外面的骚动，离开贵宾室，走向司机在等候的正门。她听到体育馆方向传来王子选拔赛的结果。经过公平公开的投票，今年，也就是最后一任的王子，由风云人物九重葛君当选。少女的喝彩欢声雷动。

“九重葛君——！”

“九重葛君——！”

“九重葛君——！”

蓟议员抵达正门后，发现校门前聚集了一群少年。他们身上穿着明年起即将与圣玛丽安娜学园合并的男校的制服。他们主张明年自己就要到这里上课，今年的节庆理当也有资格参加。佩戴学生会臂章的少女凛然反驳：“在这个学期结束之前，本校彻底执行男宾止步！”其中一名少年腋下夹着一本黑色旧书。一瞥见那本书，蓟议员便一阵晕眩，仿佛来自过去的漆黑强风吹来，让她停下脚步。（百年之后，会有外来者到来。）（是你带来的。）一个令人发毛的陌生声音，如恶魔的耳语在耳畔苏醒。是遥远的过去，她在社团教室里为了解闷，翻阅以往的社团记录簿时看到的那个吉卜赛预言。蓟议员逃也似的转身向前跑。

学生会以毫不退让的气势阻止一干少年，其中一人，就是那名短发的美少女黑梦兰子。她突然察觉到不对劲的气息，回过头，以锐利的目光注视着蓟议员的公文包。她动物的直觉有所感应，使她自然而然蹲低了身子，以便随时可以飞扑过去。但她有些迟疑，便停止了行动。毕竟对方不是别人，正是学生会敬称为“Big

Mother”的保守党议员。黑梦兰子一脸困惑，但又无法采取任何举动，只能眼睁睁看着议员离去。男校的学生与学生会的争论似乎一时不会结束。蓟议员抱着装有读书俱乐部社团记录簿的公文包，坐进了黑头车。车外，少女清亮的尖声不断响起，坚决抗拒少年的入侵。蓟议员关上车门，将公文包搁在旁边，以苦涩的声音低吟：

“简直就像女人的人生。先是在男性止步的学校里度过漫长的沉睡时期，那时觉得时间好漫长，仿佛过了一百年。然后，在有男人的社会度过人生，想想，清醒之后的时间其实要长得多。”过往记忆如浪涛阵阵袭来，使她一瞬间全身迸出火花。

坐在前座的秘书回头问：“怎么了？”“……没事，走吧。时光一去不回头，我大概再也不会回到这里了。”夏天的脚步还很远，但大道上已经飞满了色彩鲜艳的蝴蝶与蛾，以及原本应该开在南国风景中的原色花朵。年轻人擦着汗，悠闲地走在闷热的人行道上。热辣辣的阳光将年轻的肌肤照得如水面般闪闪发光。

“男人其实也一样啊。我的初中、高中也是就读同一间男校。虽然有一点无趣，但现在想起来，那段时光当真不坏。”

秘书低声这么说，命司机开车。蓟议员一脸惊讶地打量着这个古板的四十来岁的秘书，然后嘻嘻地笑了。她凝目眺望车窗外的景色，配上旋律，以寂寥又甜美的声音喃喃吟道：

“我们这儿寻寻那儿觅，

法国佬也翻天又覆地。

在天堂？还是在地狱？

红花侠影无踪亦无迹。”

黑头车开动，秘书开始报上今天的行程。车窗外首都高速公路有如空中楼阁无限延伸，如风般将蓟议员一路送往永田町。野火般一发不可收拾的贫富差距，看似已改善实则日益严重的少子化现象，故态依旧的恶性犯罪，因全球暖化爆发的新传染病……这些社会问题像一场场非打不可的硬仗，如“烟山（Smoky Mountains）”般分量十足地挡在忙碌的蓟议员面前，不断释放乌黑臭气。但蓟议员看了公文包一眼，吩咐：“喂，回议员会馆前，我想先绕到一个地方。到中野去。”司机点点头，黑头车低声咆哮，改变了行进方向。

黑头车的目的地是中央线的中野车站。这个空气中充满灰尘的老街，有种奇特的氛围，与刚才的山手地区截然不同。

这个灰蒙蒙的地区仿佛被时代遗忘，老人身影特别多。他们围着粉红色、紫色等各色围巾，穿着时髦的鞋，在昏暗的拱廊式商店街来来去去。

来到拱廊的尽头，黑头车停在一栋名叫“中野百老汇”的大楼前。这幢大楼是日本第一座大型复合式大楼，兴建于距今五十多年前。当初这幢十层楼建筑从地下一楼到地面四楼是商店，五楼以上则是高级公寓，落成之初以许多明星艺人入住闻名。从高级食材到进口家具，各式各样的店铺都有，只要进了这幢大楼，不必踏出一步便能享受都会生活。但是，随着时代变迁，这样的设施不再稀奇，“中野百老汇”也沦落为老旧的文化要塞，光鲜亮丽的明星立刻搬离公寓，店铺一一拉上铁门，那之后以年轻人为消费族群的杂货行、玩具店和漫画专卖店，看上大跌的店租，纷纷在此开业。狭小的空间里挤满各种莫名其妙的商品，商品架甚至漫溢到通道上，与日俱增。时至今日，与这幢破旧的建筑物共存的，只有长着羊的眼睛、兴趣独特的文静年轻人，以及貌似妖猫、不愿离开大楼、随着时光老去的老人。大楼里挤满了二十岁的年轻人和七十岁的老人，完全不见劳动生产力最旺盛的青壮年世代的身影。店铺也是年轻人取向的诡异杂货店和旧书店居多，其中零星散落着一些老店，像是八音盒铺子和高级钟表行。空气混浊，宛如魔窟。这幢大楼一点一滴地倾斜、老化，载着羔羊与妖猫等奇异的乘客，在时代这片汪洋中，缓缓朝迟早会来临的毁灭时刻航行。

蓟下了黑头车，从一楼搭乘电梯，与来找玩具、漫画的年轻人一起上楼。到了三楼，她与年轻人分道而行，来到一家位于角落的老旧店家。

店内飘出以塞风壶现煮的咖啡香味。蓟不由得额上生光，丑陋的鼻子抽动着。

这家店是极其老派的咖啡专卖店，以一扇像是地狱入口的暗红色铝门与外界隔绝，仿佛施了神奇的魔法，让来往的年轻人看不见，没有一个年轻人注意过这家店。门上木制招牌斜挂，以可爱的圆体字写着：

习性与实践

这莫名其妙的“习性与实践”便是店名，至于老板娘，她没有名字，只知道她是个奇特的女人，以前是少女，现在是名老妇。蓟感慨良多地望着店门。店内，老板娘将看到一半的书搁在塞风壶与糖罐凌乱摆置的木头吧台上，推了推设计雅致的老花眼镜，狐疑地瞪着门。

“……谁？！”

听到尖锐沙哑的老妇声音，蓟不禁露出笑容。她伸手在这家会员制咖啡店的指纹辨识装置上，按下她斑斑点点的大拇指。下一秒，门那头沙哑的声音仿佛得到了滋润，略微柔和地响起："原来是蓟学姊啊，快进来呀！……红子！蓟学姊来了！"

门朝右自动打开。

"习性与实践"店内陈设十分陈旧，唯有这扇门是最新型的。这是年长者经营的店铺常见的保全装置。在这个老人持续增加的时代，保全产业业绩长虹。蓟一踏进店内，身后的门便无声地关上，咔嗒一声上了锁。

店内光线昏暗，弥漫了浓浓的咖啡香。一缕香烟的轻烟自深处的座位升起。

店内有三张桌子，每张都是装饰艺术风格的高级古董桌，摆在这家店内显得太过奢华。每张桌子各配有三张绿色兽足椅。墙上挂着诡异的画，随兴摆饰着黑沉沉的人造花和眼神阴沉、面孔半焦的古董洋娃娃。前方的木制吧台上，塞风壶、糖罐和不知谁带来的茶点随意摆放，凌乱的情状令人对这家饮食店的卫生感到忧心。但凌乱还不是最引人注目的，这家店最令人印象深刻的地方有二，其一，店内密密麻麻堆着旧书，数量之多，就算所有的墙都改建成书架仍容纳不下，店内被发出霉味的大量书籍淹没，令人不禁怀疑这家店究竟是咖啡店还是旧书店。而更令人无法忽视的是，店内处处可见貌似妖猫、老态龙钟的老妇，她们或是席地而坐，或是靠在柜台一角，或是坐在椅子上拱肩缩背，各自以不同的姿势看书。

一名老妇膝上放着喜爱的马口铁人偶，或许是正好读到悲伤的段落，泪水晕开了勾勒眼眶的眼线。一名身穿和服的年长贵妇则是坐姿端正，抽着水烟，优雅地翻阅书籍。还有一个裹着棉袍、看似小说家风情的老妇，正在稿纸上奋笔疾书。学者风味浓厚的眼镜三人组，在角落的座位凑在一起小声讨论。

吧台内的老板娘眯起眼睛，看着缓缓步入店内的蓟。这女人也是年近七十的老妇，银色的鬈发高高梳起，身穿贵族风的蕾丝衬衫，佩戴贝壳浮雕胸针，有光泽的粉颊显得十分年轻。她突然朝蓟发射橡皮擦子弹。

“哦！”

蓟敏捷地闪开，老板娘发出破钟般的笑声。她朝店内阴暗的深处唤道：

“红子！蓟学姊来了！你不是想见她吗？还念着学姊最近不知道怎么样了。”

“……蓟学姊真的来了？”

一个又高又尖的声音嘶哑地说。一个会令人联想到山姥姥的老妇自暗处缓缓站起。夹杂不少白发的头发自然留长，向左右散开，脸上皱纹密布，脸色黑红，穿着豹纹T恤和金属光泽的裙子。她虽胖得像根巨木，但浑身散发出一种幽默而讨人喜爱的气质。年纪一样也是将近七十。她瞪大日渐白浊的眼睛，张大没有牙齿的嘴，露出骇人的笑容。

“噢噢，真的是蓟学姊啊！虽然经常在报纸上看到你，不过真的好久不见了。学姊真是一点都没变。”

“红子？你也还是一样，精神这么好。”

蓟笑着走近这个酷似山姥姥的女子。这名老妇正是过去的“伪王子”、传说中的黑旋风乌丸红子。最早成家的红子现在已是儿孙成群，在老街的大杂院过着吵吵嚷嚷、热热闹闹的日子。蓟心目中永远的俊美青年士官，在五十年后的今日已失去她的美貌。即使如此，蓟仿佛看到幻影，依然在爬满皱纹的红子脸上看出过去华丽的容颜，记起对美丽的事物那不变的敬畏。蓟淡淡一笑，在红子对面坐下，对老板娘伸出两根手指，说：“两杯咖啡。”

“没问题。”

这家神秘的咖啡店“习性与实践”，是往日圣玛丽安娜学园里的异形少女，即读书俱乐部的社友所经营的。多亏中野百老汇低廉的租金，以及一名资本家千金的社友资助，十年前在此开业。

异形少女毕业后一如蓟在演讲中提及的，她们或者因升学就业，或者因得到伴侣而各奔东西，但在走过女人忙碌一生的折返点，到了冲刺脚步减缓的壮年时期，她们又再度聚首。有些人是在车站的站台上重逢，有些人是在路上，有些人是在书店里，还有些人是在咖啡店。虽然每个人都走上截然不同的人生道路，但阅读这个共同嗜好却依然如故。一开店，耳闻风声的社友便聚集而来，像过去在社团教室中一样，她们在此盘桓，时而看书，时而热烈讨论。

“蓟学姊，今天是最后一年的圣玛丽安娜节吧？！怎么样？有什么不一样吗？”

听红子这么问，蓟耸耸肩。或许是因为历经沧桑，或许是因为几经忧患，红子对世事早已见怪不怪，但听到蓟接下来说出的话，她还是像被踢了一脚的妖猫般惊跳起来。

“对了，社团教室所在的那栋大楼，刚才塌了。”

“……咦！怎么会？”

“不知道。太老旧了吧。不过，你看。”

蓟从公文包里取出读书俱乐部的社团记录簿。四散在昏暗店内的老妇这下也都放下书本，中断讨论，在打盹的也清醒了，像怪物攀爬般缓缓靠近，惊叹连连。

“这是最后一个读书俱乐部社员，在最后一刻救出来的。那孩子长大后，也许也会找到这家店吧。她挺有意思的，把东西放进我的公文包就跑了。体形圆圆的，是个相当老实的孩子。”

“哦。”

一只手端着咖啡过来的老板娘，找到自己所写的那篇记录后，神情立刻变了。混合着咖啡香与怀念之情，一时间，店内被充满往昔气味的温柔寂静所包围。在店内一隅把弄马口铁人偶的爱哭老妇开口了：

“多说点那孩子的事吧，好像很有趣。”

“好啊。我听她说，她最爱的书好像是《红花侠》。对对对，那孩子还引发一场疯狂骚动呢。单枪匹马就干出了极具读书俱乐部风格的大事，好久没听说这样的事了。继承了我们以及圣玛丽安娜，不……继承了米歇尔精神的子孙，正该如此啊。”

蓟开始叙述这个故事，凑在一起的老妇或点头或嗯嗯有声地附和，聚精会神地倾听着。蓟花了不少时间才说完十七岁的五月雨永远引发的这场风波，她戳了戳那个将马口铁人偶放在膝上、衣着寒酸的老妇人——在昏暗中听到这些故事，念及五月雨永远的孤独，又流下黑色眼泪的我，轻声说：“你就把这些整理整理吧。”

我大吃一惊，像只被踢了一脚的妖猫惊跳起来。

“我？”

“是啊。”

我就像刚才话题中的主角五月雨永远一样，最讨厌出风头，甘愿终生屈居为平凡的旁观者，是个没有存在感的女子。情急之下，我戳了一下旁边握着钢笔的小说家，她叼着烟摇头，无情地说：“我没办法，我还有稿子要赶呢。”蓟紧迫盯人地说：“本来就是你说要听，我才说的，而且你不是听得挺开心的吗？这是一段不会留在圣玛丽安娜学园正史中的野史，在第一百年，经由一个爱哭的老太婆抖着手写下的最后一篇记录。”“啧，好啦。蓟学姊。”就在方才，蓟顶着她的油头，提着公文包匆匆离去。我则转向古董桌，戴起老花眼镜，摩挲着疼痛的关节，着手撰写最后的这篇社团记录。等写完之后，再把它和其他记录簿一起藏在“习性与实践”店内的书架某处。然后我就能再点一杯咖啡，回头去看我的书。

位于老旧的复合式大楼“中野百老汇”的第二间社团教室“习性与实践”，能够在世上存留到几时，没有人知道。历经时空，这里或许也将化为尘土，在风的吹送下四散纷飞吧。我们也老了，不知道能活到几时，也不知道长大成人的五月雨永远会不会找到这家店，发现以她为主角的最后一篇社团记录。活到这把年纪，这个恼人的世界依然充满了未知数。也许我们不过是一群早已死去的亡灵，在这幢被时光遗忘的大楼中，度过魔幻的时光也说不定。也许当我鞭策我的老花眼和神经痛的瘦弱手臂，呕心沥血写完这最后的黑暗记录的那一刻，整座大楼将解体，社团记录簿遭黑色火焰焚烧，除了飘浮在上空的红色金鱼，不留一点痕迹。一想到此，我就像个少女一样发起抖来，害怕写完搁笔的那一刻来临。然而试想，就像米歇尔消失之后我们出现了一样，无论什么时代，都有我们这种人。年轻人会继续迂回曲折地绕道而行，悲壮地活下去。是的，我们确实已经垂垂老矣，但明天还有别人的——也是你的——光明灿烂的未来。哦，难道这还不够吗？这不就代表我们曾经活过吗？此刻已是黄昏，是丧失之前的片刻觉醒。或许我们不久便会消失，把未来托付给年轻人，化为尘土，随风而逝，但这又有什么好不满的呢？

少女啊（以及青年啊）！请永远坚持下去。无论世间如何变换，像沟鼠一样继续奔跑吧！直到化为尘土消失的那一天。你们要互相扶持，悲壮地活下去。

年轻人，谢谢你们读到最后。祝你们拥有美好的人生。

二〇一九年度　读书俱乐部社团记录簿

主笔：马口铁之泪

附录

圣玛丽安娜学园入学简介

（节录）

办学理念

圣玛丽安娜学园的创办人圣玛丽安娜，在女子教育方面，鼓励学生敦品励学、信仰坚贞，学习思辨的精神。进而成为一名心灵丰饶，热爱天主，人见人爱的女性。

教育方针

一、信仰坚贞

二、砥砺思维

三、敦厚品德

四、养成判断与执行的能力

圣玛丽安娜简介

创办人圣玛丽安娜修女，一八九九年出生于法国波尔多邻近农村，是天主教执事的次女。自幼聪明伶俐，受到圣灵眷顾。五岁进入修道院，过着清贫的修行生活，并在此立定志向，走上推广宗教教育之路。后来受到修道院长的推荐，赴巴黎的修道会长期深造，侍奉天主。一九一八年，接到修道会指派，远赴日本设立女子宗教教育机关，创办本校。她以教育为己任，长期站在教育的第一线。一九五九年，她离奇失踪，此后没有人知道她的下落，但笃信天主的圣女玛丽安娜修女的教诲，将永存我们心中。

学园沿革

一九一八年　圣玛丽安娜来日

一九一九年　第一次世界大战结束

前身“圣玛丽安娜外国语女子学院”创校

财团法人“圣玛丽安娜女子中学”成立

一九二〇年　校舍原址重建落成

“圣玛丽安娜女子中学”启用

一九二二年　附属小学、附属幼儿园成立

学生宿舍落成

一九二三年　关东大地震，大批学生、修女死伤

学生宿舍倒塌

一九三一年　学生宿舍重建落成

一九三三年　体育馆、室内游泳池落成

一九三九年　第二次世界大战开战

一九四五年　东京空袭，校舍、体育馆烧毁

日本战败

一九四七年　引进新学制，更名为“圣玛丽安娜学园”

分设初中部与高中部

举办第一届“圣玛丽安娜节”

一九四八年　“圣玛丽安娜大学”成立

一九五一年　校舍、图书馆重建落成

一九五四年　图书馆塔落成

一九五五年　大礼堂落成

一九五七年　增设学生宿舍

一九五九年　设置圣玛丽安娜铜像

圣玛丽安娜失踪

一九六七年　定时制课程开设

一九七四年　施行周休五日制度

一九九八年　校舍全面改建

二〇二〇年　预定与系列男子学校合并，改为男女合校

学生人数

小学部　各学年三班　约六百名

初中部　各学年三班　约三百五十名

高中部　各学年三班　约三百七十名

后记

愿世间恒久辉耀

一百个少女，踏着“咚咚咚”的脚步，跑过一百年的时光，渐渐成为年老的婆婆！一部以女子高中为舞台的少女版《百年孤独》！——这就是本书最初的理念。

《百年孤独》，是作家加西亚·马尔克斯的长篇小说，是用“魔幻现实主义”的手法写成的。如果当作真实的故事来读，就会因其人物之瞬间飞移，时间之极速流逝而感到不可思议，会为之疑惑，为之惊叹。如果非要弄个明白，则更会坠入五里雾中。可当你发现“啊，远古神话和民间传说里也有这种情形”的时候，就会觉得这是一种能够轻松阅读的风格了。

《赤朽叶家的传说》（创元推理文库）也是用这样的手法写成的。它是一部描写鸟取深山中某神秘家族之历史的女性三代记。

却说……

经常被人问到的一个问题是：小说家是怎么想到某个故事的？别人的情况我不知道，就我自身而言，往往是在与对口编辑交谈的过程中自然产生的。譬如说《GOSICK》（角川文库刊行），就是由我特别喜欢的夏洛克·福尔摩斯和哥特式情调，再加上编辑说起的哈利·波特复合而成的。而《我的男人》（文春文库刊行）则是由于我们俩都喜欢《悲惨世界》这一经典名著中的孤儿珂赛特而诞生的。

《为青年设立的读书俱乐部》也是由名门女校之身世、《百年孤独》再加上川原泉先生的少女漫画《冷笑大天使》等因素复合而成的。

结果常会因谈话的对象与内容而改变，而这也正是故事的生命来源，是该工作的有趣之处。

除了本书中收录的五篇有关读书俱乐部成员的故事之外，还有一个我最早写就的试行版的短篇《为青年设立的推理俱乐部》。这一篇收录在了《异想天开　樱庭一树奇谭集》（文春文库刊行）里。

除此之外，还有一个出自高桥真子女士之手的漫画版《为青年设立的读书俱乐部》（全三卷/软银创作刊行）。最后一章所描写的在中野百老汇“习性与实践”里集会的沟鼠们中，啊！……仔细一看，我也在其中！台词也有两行！！无论哪一本，只要您愿意读，我都将感到无比欣慰。

啊，对了……成为“习性与实践”之原型的那个老旧咖啡馆，就是位于中野百老汇二楼的 Sakakoshi 咖啡店。住在其上层的与众不同的阿婆们每天都在此聚会，真是个不可思议的咖啡馆。

单行本和新潮文库版的封面上，饰有空野先生的剪贴画，而这次出版的新潮文库 nex 版（新潮文库 2017 年版）的封面上，则绘有志村贵子的插图。在此，我谨向二人表示感谢。

现在，是二〇一七年。

“百年之后，会有外来者到来”的二〇一九年，已近在眼前。

作为作者的我，希望在做一个“永恒的追求者，绝不满足于纯白的幸福和甜美的不幸，不断在这个世界燃起冰冷狼烟的虚无青年”的同时，慢慢变老。

正在读这本书的您，又身处哪一年？您今年几岁？少女？还是青年？

这一切，正在写下这句话的我是不得而知的。

如若有缘，就让我们于什么时候，在世上某处的“习性与实践”里相会吧——作为虚幻的读书俱乐部的成员。

樱庭一树

二〇一七年四月